POLUX

L'ŒIL DE GLACE

POLUX

L'ŒIL DE GLACE

2

Aude Vidal-Lessard

Éditeur : François Doucet
Révision linguistique : Daniel Picard
Correction d'épreuves : Nancy Coulombe, Katherine Lacombe
Conception de la couverture : Tho Quan, Matthieu Fortin
Photo de la couverture : © Thinkstock
Mise en pages : Sébastien Michaud
ISBN papier 978-2-89667-561-6
ISBN PDF numérique 978-2-89683-484-6
ISBN ePub 978-2-89683-485-3
Première impression : 2012
Dépôt légal : 2012
Bibliothèque et Archives nationales du Québec
Bibliothèque Nationale du Canada

Éditions AdA Inc.
1385, boul. Lionel-Boulet
Varennes, Québec, Canada, J3X 1P7
Téléphone : 450-929-0296
Télécopieur : 450-929-0220
www.ada-inc.com
info@ada-inc.com

Diffusion
Canada :   Éditions AdA Inc.
France :   D.G. Diffusion
                Z.I. des Bogues
                31750 Escalquens — France
                Téléphone : 05.61.00.09.99
Suisse :   Transat — 23.42.77.40
Belgique :   D.G. Diffusion — 05.61.00.09.99

Imprimé au Canada

Participation de la SODEC. SODEC
Nous reconnaissons l'aide financière du gouvernement du Canada par l'entremise du Programme d'aide au développement de l'industrie de l'édition (PADIÉ) pour nos activités d'édition.
Gouvernement du Québec — Programme de crédit d'impôt pour l'édition de livres — Gestion SODEC.

Catalogage avant publication de Bibliothèque et Archives nationales du Québec et Bibliothèque et Archives Canada

Vidal-Lessard, Aude, 1993-

    Polux
    Sommaire : t. 1. Le prince oublié -- t. 2. L'œil de glace.
    Pour les jeunes de 10 ans et plus.
    ISBN 978-2-89667-560-9 (v. 1)
    ISBN 978-2-89667-561-6 (v. 2)
    I. Titre. II. Titre : Le prince oublié. III. Titre : L'œil de glace.

PS8643.I348P64 2012   jC843'.6   C2011-942792-3
PS9643.I348P64 2012

Pour Lynda Dion, qui m'a
fait comprendre qu'il faut toujours
persévérer.

Merci.

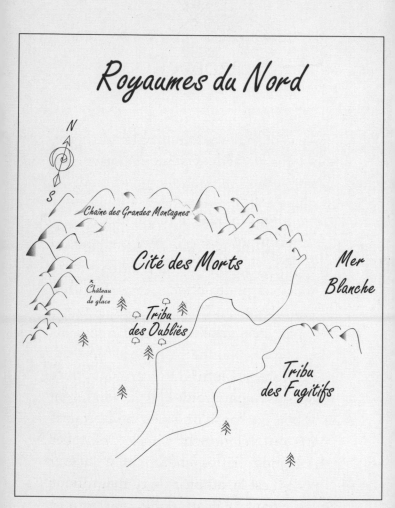

PROLOGUE

L e vent souleva un tourbillon de neige. Tirés de leur sommeil éternel, les flocons n'eurent d'autre choix que de se laisser emporter encore un peu plus vers le Nord. Certains d'entre eux ne parcoururent qu'une courte distance avant de retomber au sol et de se joindre à leurs semblables pour un long repos. D'autres, moins chanceux, durent accompagner le vent sur son long chemin jusqu'à ce qu'ils heurtent les sommets de glace. Épuisés, les flocons se blottirent contre la surface délicieusement froide, ou se laissèrent tomber en bas d'une des nombreuses tours qui s'élançaient vers le ciel, telles d'énormes griffes cherchant à lacérer l'azur. C'est là, au pied de ce magnifique et terrifiant château, qu'ils pourront se reposer. Du moins, jusqu'à ce qu'une autre bourrasque les emporte.

La fumée bleue tournoyait toujours au cœur de la sphère de glace. Parmi ses rubans, un miroitement couleur de sang attira le regard de l'homme. Lentement, celui-ci s'approcha et prit le globe magique dans sa main droite. Le givre produit par la sphère recouvrit le bout de ses doigts en une seconde, mais le froid ne l'atteignait aucunement ; il était son allié. L'image dans la boule de glace devint plus claire et plus précise, présentant une scène qui se déroulait au même instant. On pouvait y voir une silhouette rouge et noire, fouettée par le vent, qui fendait l'air à une vitesse vertigineuse. L'homme devina que le garçon, car il s'agissait bien de cela, ne tarderait pas à s'écraser au sol. C'est au moment où il se faisait cette réflexion que la chaîne autour de son cou devint si froide qu'elle lui brûla presque la peau. L'homme porta sa main gauche au bijou et l'effleura, mais sa chair mutilée l'empêchait d'avoir même une fraction de sensation.

— Je tiendrai ma promesse...

Sa voix grave et dure brisa le silence qui régnait dans le château. Avec un soupir, il déposa la sphère sur son socle, l'image s'estompant lentement. Il tourna les talons et s'éloigna, sa cape couverte de plumes claquant derrière lui.

— Je t'attendais, Polux...

ÉVEIL

Il croyait qu'il aurait peur, mais ce n'était pas le cas. Il était serein, calme, en paix avec lui-même. Enfin, presque. L'ombre au-dessus de lui, de plus en plus loin dans le ciel, lui provoquait bien un pincement au cœur. À part ça... Il croyait qu'il verrait des choses, mais non. Aucun souvenir particulièrement agréable n'apparaissait dans son esprit. Pas même un qui serait vraiment désagréable. Enfin, si. Il percevait peut-être des pleurs, mais il n'arrivait pas à les situer dans le temps. Mais quelle importance ? Il croyait qu'il sentirait quelque chose, mais il semblait avoir été épargné. Ses poumons, vidés de leur air — ou étaient-ils plutôt sur le point d'exploser ? — ne le faisaient pas souffrir. Même cette surface gelée sur laquelle il se précipitait ne le blessa pas lorsque son dos s'y fracassa. Il croyait avoir des regrets, mais rien. Alors qu'une eau glacée resserrait lentement ses bras autour de lui, il prit conscience que personne ne le regretterait, lui. Personne ne comprendrait qu'en ce moment même, alors que ses paupières se fermaient, son cœur cessait de battre. Et c'était ça qui était douloureusement effrayant.

L'air s'engouffra dans sa gorge lorsque Tara essaya d'hurler, la faisant suffoquer pendant un moment. À la place, elle abattit ses poings contre l'épaisse couche de glace, réveillant la douleur dans son poignet droit. Elle s'était blessée en atterrissant. Trop pressée de rejoindre la terre ferme — dans ce cas-ci, il s'agissait plutôt de glace —, elle s'était laissée tomber au moment où elle se jugeait à une altitude adéquate. Elle aurait dû se douter que l'image de Polux s'écrasant au sol fausserait ses calculs. Bien qu'elle n'ait rien vu de précis à la distance à laquelle elle se trouvait lorsque ça s'était passé, son imagination était amplement suffisante pour combler ce manque de détails!... Donc, après s'être servi de ses mains pour amortir la chute et s'être tordu le poignet par le fait même, elle s'était précipitée à l'endroit où aurait dû se trouver le corps brisé du Rôdeur. En n'y découvrant rien d'autre que de la glace légèrement plus mince qu'ailleurs dans ce désert de neige, la Tueuse n'avait su si elle devait rire ou pleurer. Elle avait finalement opté pour un sentiment se situant quelque part entre les deux : la colère.

— Non! cracha-t-elle. Non, non, non!

Elle répéta ce mot, encore et encore, exprimant par là tout ce qu'elle pouvait ressentir en cet instant. Ses poings frappaient la glace à un rythme de plus en plus rapide, la douleur s'étendant progressivement jusqu'à son épaule. Puis, lorsque ses cils devinrent tellement humides qu'ils gelèrent et restèrent pris ensemble, Tara cessa de hurler et accorda une pause à ses bras engourdis. Elle se recroquevilla, le front contre les genoux, et laissa les larmes apaiser sa souffrance. Elle se mit bientôt à trembler, d'épuisement ou de froid, elle l'ignorait. S'étant débarrassée de sa cape et de celle du Rôdeur, qui l'entravaient lors de sa course, rien n'empêchait les flocons de neige de se poser sur sa peau et de la glacer jusque dans son cœur. Mais cette sensation disparut lorsqu'elle sombra dans l'inconscience.

Il se sentait bien. Tout ce qu'il avait ressenti au cours de sa vie, sentiments ou sensations, semblaient avoir déserté son être. Et c'était tout simplement… une libération. Polux inspira profondément… et s'étouffa avec l'eau glacée qu'il venait d'ingurgiter. Il ouvrit les yeux, regrettant immédiatement son geste : encore plus d'eau vint s'y loger, et la douleur qui en découla en était presque insoutenable. Mais ce n'était rien comparé à ce que le manque d'air lui faisait maintenant endurer : son crâne semblait trop petit pour contenir son cerveau, comme s'il grossissait un peu plus à chaque seconde ;

son cœur frappait si fort contre ses côtes que Polux pouvait presque les entendre craquer ; en même temps qu'elles semblaient se replier vers l'intérieur de son corps, son ventre brûlait et il avait l'impression qu'on tentait d'arracher ses abdominaux. Automatiquement, le Rôdeur agita ses bras dans une douloureuse tentative pour remonter à la surface. Sa bouche s'ouvrit de nouveau, ses poumons réclamant de l'oxygène. Un éclair de lucidité tenta de faire comprendre à Polux qu'il n'y arriverait pas. Et à l'instant où ses doigts, tendus au maximum à la recherche de l'air libre, touchaient une épaisse couche de glace, l'adolescent cessa de se battre. Le noir l'enveloppa et il crut qu'il allait couler. Mais soudain, il se sentit tiré vers le haut et la sensation d'écrasement que provoquait l'eau, partout autour de lui, disparut. Son corps heurta quelque chose de dur et un souffle glacé lui caressa la peau. Un souffle ?... Bien qu'il fût certain que cela soit inutile, Polux entrouvrit la bouche. Il inspira une nouvelle fois et...

ses toussotements se mêlèrent au sifflement que provoquait l'air en s'engouffrant dans sa gorge, bien trop rapidement et en trop grande quantité. Au bout d'un moment, le garçon retrouva son souffle, avec la sensation que tout le haut de son corps était en ébullition. Cette impression fut vite remplacée par celle où sa moelle se congelait sans passer par les étapes frissons, grelottements et spasmes incontrôlables. Le Rôdeur se recroquevilla, les genoux sous son ventre, le menton contre sa poitrine et les bras autour de la tête. Tous ses muscles étaient contractés et semblaient se fissurer chaque fois que son corps tremblait, ce qui ne cessait jamais, en réalité. Polux était tout juste assez conscient pour penser clairement. «Besoin chaleur, me réchauffer, chaud, veux avoir chaud, de la chaleur, besoin... chaud... avoir... chaleur...» Ses dents cessèrent graduellement de s'entrechoquer. Ses muscles se détendirent légèrement et ses frissons s'espacèrent. Lorsqu'il réussit à ouvrir les yeux et à se redresser, le Rôdeur remarqua qu'il s'était légèrement enfoncé dans la glace, comme s'il s'était plutôt agi d'une grosse couche de neige. Le garçon inspira profondément, savourant la sensation de l'air gonflant ses poumons. Le plus étrange, se rendit-il compte alors, c'était qu'il avait désormais arrêté de trembler. Complètement. Et que la température environnante lui paraissait presque confortable. Polux se retourna vers l'endroit où devait se trouver le trou d'eau qui lui avait permis d'échapper à une mort certaine. Ce qu'il vit l'aurait jeté à terre s'il n'avait pas déjà été assis : telle une énorme sculpture en plein milieu du désert, une gerbe d'eau s'élevait sur près d'un mètre, l'eau s'était figée en énormes glaçons avant d'avoir eu le temps de retomber.

— D'accord, souffla le Rôdeur en observant la chose. J'ai passé à travers la glace…

Avec un frisson, il se rappela le plus terrifiant :

— …et j'ai survécu à une vraiment très, très, très grosse chute.

Son cœur fit un bond dans sa poitrine lorsqu'il se répéta cette dernière partie. Tara! Où était-elle?... Il regarda frénétiquement autour de lui, et ses yeux se posèrent sur une forme, tout près de lui, que la neige avait recouverte d'un filet de flocons. Il se précipita sur elle, alors que tout son corps le suppliait pour quelques minutes de repos supplémentaires. Quand enfin il la tint dans ses bras, Polux se remit à trembler. Les cheveux, les sourcils et les cils de Tara étaient pris en glaçons, son visage lui-même recouvert d'étoiles de glace. Est-ce qu'elle était... Non, elle respirait toujours. Faiblement, mais toujours. Polux serra un peu plus fort la jeune fille contre lui. Se souvenant de ce qu'il avait ressenti sous l'eau, il se concentra sur celle qui avait besoin de lui. « Réchauffe-toi! S'il te plaît, s'il te plaît... Réchauffe-toi... » Son cœur battait fort, et le sang à ses tempes encore plus, comme pour lui signifier le temps qui passait. Mais bientôt, les cheveux de Tara dans ses mains lui parurent lourds et humides. Le Rôdeur releva la tête pour s'apercevoir que la glace et la neige qui recouvraient la Tueuse un instant plus tôt avaient disparu. L'adolescent laissa échapper un long soupir. « Et maintenant ? » Ils ne pouvaient pas rester ici, ils étaient en plein milieu de nulle part. Faux. Ils se trouvaient dans la Cité des Morts. Ce qui voulait dire... Polux leva la tête vers le ciel. Le soleil était presque couché. L'Ouest. Et cette bande sombre, là-bas, qui n'était peut-être qu'un triste mirage, se trouvait donc au Sud.

— On n'est pas si mal tombés, en fin de compte..., grimaça Polux en se relevant, tenant Tara serrée contre lui.

Les yeux rivés sur ce qu'il espérait être leur destination, le Rôdeur se mit en marche, évitant de s'interroger sur le phénomène qui faisait fondre la glace sous ses pieds.

Un souffle chaud lui chatouillait le visage. Tara remua et quelque chose se resserra autour d'elle. Elle ouvrit les yeux.

— Comment tu te sens ?

L'air lui manqua. Cette voix, ce ne pouvait pas... C'était impossible... Mais le visage au-dessus du sien ne mentait pas.

— Tara ?

Son corps agit avant qu'elle n'ait pu lui ordonner quoi que ce soit. Envoyant ses bras autour du cou de Polux, elle l'attira à elle et plaqua sa bouche sur la sienne. Il lui sembla que le Rôdeur avait sursauté, parce qu'elle rebondit légèrement. Puis au bout d'une seconde, le garçon lui rendit son étreinte. Attirant la Tueuse un peu plus près, il passa une main dans ses cheveux, l'autre accrochée à sa veste. Ce contact leur provoqua à tous les deux de délicieux frissons et une sensation de chaleur tellement agréable qu'un long moment passa avant que Tara prenne le temps d'observer Polux, seulement à moitié consciente que ce qu'elle vivait devrait être impossible.

— Comment ?... fit-elle en fronçant les sourcils. Tu ne peux pas...

Le Rôdeur ne répondit pas tout de suite, trop subjugué par la façon dont la jeune fille plissait le nez. Cela lui donnait un air intrigué absolument adorable et…

— Polux, répéta Tara d'une voix forte, cette fois. Qu'est-ce qui s'est passé ? Comment as-tu pu survivre à ça ?

Après une seconde de silence, elle ajouta :

— Et tu peux m'expliquer par quel miracle on est toujours en vie ?

Pas un mot ne sortait de la bouche du garçon. Que pouvait-il dire de toute façon ? Qu'il était tombé et ne s'était pas écrasé contre la glace comme il aurait dû, que la rivière l'avait littéralement rejeté, que le froid glacial de la Cité des Morts n'avait aucun impact sur lui et qu'il l'avait sauvée elle, en ordonnant à son corps de se réchauffer ? Mais oui, bien sûr. Autant dire qu'il sombrait lentement dans la folie.

— Je suis le Rôdeur, lança-t-il en haussant les épaules.

Tara ouvrit la bouche pour répliquer, mais Polux la devança :

— J'en sais vraiment rien. Maintenant, tu veux bien te lever ? La neige fond.

Le garçon jeta un œil en direction du sol, qui s'avéra être juste sous ses fesses. Dans sa presse de lui exprimer la joie qu'elle ressentait à le voir vivant, Tara lui avait fait perdre l'équilibre alors qu'il la portait et il s'était étalé dans la neige, la Tueuse pendue à son cou. Les dernières minutes avaient suffi pour faire fondre la moitié de la neige qui se trouvait sous lui, une sensation des plus désagréables alors que la neige qui tombait sur sa peau fondait immédiatement pour dégouliner tout le long de son dos.

— Oh.

Tara s'exécuta, se mettant à grelotter dès qu'elle se fut éloignée du corps de Polux. Celui-ci s'empressa de se remettre sur ses pieds et, ses joues se teintant de rouge, passa un bras autour des épaules de la jeune fille, espérant lui partager un peu de sa chaleur corporelle par ce geste.

— Tu vois ça, là-bas ?

« Ça » étant le refuge que le Rôdeur tentait d'atteindre depuis une bonne demi-heure. Tara hocha la tête, ne voyant pas trop de quoi il s'agissait ni où est-ce que Polux voulait en venir.

— C'est un village, reprit-il.

— Quoi? Des gens vivent aussi loin dans le Nord? Ils sont complètement fous!

Haussement d'épaules du côté du Rôdeur.

— Question de point de vue. Bref, on y va.

L'idée de rencontrer d'autres fils du Nord, après ce qu'ils venaient de vivre, ne plaisait pas du tout à la Tueuse. Surtout si ceux-là étaient encore plus débiles que ceux qu'ils connaissaient déjà — et selon elle, c'était bien le cas. Mais, avaient-ils vraiment le choix? Pas vraiment... Et c'est pour cette seule raison — enfin, peut-être aussi un peu parce que la chaleur que lui procurait la proximité de Polux était tout à fait exquise — qu'elle daigna se mettre en marche.

Le vent s'engouffrait dans sa fourrure, plaquait ses oreilles contre sa tête et lui piquait les yeux. Les flocons de neige qui atterrissaient sur sa langue pendante fondaient immédiatement, et ceux qui se collaient à son pelage l'ankylosaient. Anouka avait l'impression que son corps devenait plus lourd à chaque foulée. À chaque pas, la distance qui lui restait à parcourir semblait au contraire s'allonger. À chaque bond, Polux lui semblait encore plus difficile à atteindre. Et le souffle commençait à manquer à la louve. Ses muscles lui faisaient mal après avoir travaillé durant toute une journée, sans un seul moment de répit. Avant même qu'elle ne se mette à courir, Anouka était déjà épuisée. Elle avait dû se défaire de l'arbre où on l'avait enchaînée. Ceux qui avaient enlevé Polux et sa nouvelle sœur de meute l'avaient laissée là, abandonnée. Croyaient-ils se débarrasser d'elle aussi facilement? Cela lui avait pris du temps, mais elle avait réussi. Elle avait grugé, mordu et arraché le bois jusqu'à ce que l'arbre soit si maigrichon qu'il ploie et casse sous ses assauts répétés. Le goût du sang demeurait présent dans sa bouche, coulant de ses plaies, là où des dents s'étaient arrachées. Mais peu importait la douleur, Anouka devait continuer. Impossible de se reposer. Pas avant d'avoir trouvé Polux. Même si ses pattes devenaient lourdes, tellement lourdes qu'elle pouvait à peine les lever. Même si la ligne d'horizon tanguait devant ses yeux. Même si ce tapis de neige semblait parfait pour s'allonger et faire une sieste. Une toute petite, petite sieste…

— Mais si je te dis que j'ai aucune idée de ce qui se passe !…

Le pied du Rôdeur s'enfonça dans la neige et, cette fois encore, un nuage de vapeur s'éleva. Tout son corps était brulant, alors qu'il se sentait très bien — chose étonnante vu tout ce qu'il avait enduré dans la dernière journée. En fait, il avait tellement chaud qu'il transpirait malgré le froid et qu'il lui suffisait de tenir Tara par la main pour lui fournir toute la chaleur dont elle avait besoin.

— Et tu te souviens de rien ? insista la Tueuse en jetant un regard au garçon.

Le regard de ce dernier se perdit au loin, vers la silhouette floue du village, qu'il espérait atteindre bientôt — les grondements de son estomac se faisaient de plus en plus insistants.

— Je sais seulement qu'il n'y a eu aucune douleur, souffla Polux alors que les images de sa chute surgissaient dans son esprit. Je me sentais… bien.

Les doigts de Tara serrèrent sa main, faisant monter en lui une nouvelle vague de chaleur, bien qu'il douta que ce fût à cause de sa capacité à se réchauffer.

— C'était comme si…

Ses mots se coincèrent dans sa gorge. Tous ses muscles se figèrent et le froid l'envahit en un instant. Il lui sembla que son cœur s'était frayé un chemin jusqu'à ses tempes, où le rythme de ses battements furieux ne cessait d'accélérer. Ses yeux balayaient frénétiquement le paysage qui l'entourait, étendue infinie de neige et de glace, image identique partout où il regardait. Au creux de son ventre, le poids paraissait s'alourdir de seconde en seconde.

— Polux ?

La voix de Tara était lointaine, si lointaine... Aucune importance. Tout ce qui comptait réellement en cet instant, c'était de la retrouver, elle.

— Qu'est-ce...

— Là-bas, trancha Polux.

Il se remit immédiatement en marche, tirant la Tueuse derrière lui. Ses enjambées s'allongeaient au fur et à mesure qu'il avançait, et il aurait couru si Tara ne l'avait pas retenu ; tenant toujours la main du Rôdeur, il lui était difficile de suivre la cadence.

— Mais, Polux !... s'essouffla la jeune fille. Où est-ce que tu vas ? Tout à coup, tu...

— Anouka, lui dit le Rôdeur. Elle est tout près. Et elle a besoin d'aide.

Tara fronça les sourcils, mais ne posa pas d'autres questions. Sa respiration était déjà sifflante et elle s'était mise à frissonner. Polux devait être trop désorienté pour les maintenir au chaud tous les deux. Ses doigts commençaient déjà à s'engourdir...

— On y est presque, reprit Polux sûrement plus pour lui-même que pour informer Tara. Je le sens, elle est...

Il lâcha alors la main de la Tueuse et se précipita en avant. Il parcourut plusieurs mètres en ce qui sembla être une fraction de seconde, et se jeta au sol, où il se pencha sur quelque chose que Tara ne pouvait toujours pas voir.

— Est-ce que c'est...

— Anouka, appela Polux.

Il souleva la louve et la tira sur lui. Tara l'aperçut enfin, créature aussi blanche que la neige. Elle était inconsciente, du moins c'est ce qu'espérait la jeune fille...

— Anouka, ma belle, répéta le Rôdeur.

Sa voix tremblait. Ou peut-être était-ce ses propres tremblements qui donnaient cette impression à Tara. Polux leva alors les yeux vers elle, l'observant comme s'il venait seulement de s'apercevoir de sa présence.

— Approche, dit-il.

La Tueuse obéit, trop frigorifiée pour essayer de comprendre ce qu'il attendait d'elle. Elle s'accroupit, resserrant ses bras autour d'elle, vaine tentative pour se réchauffer. À côté d'elle, Polux tenait Anouka contre lui, les mains enfouies dans son épais pelage. Tara s'imagina à quel point cela devait tenir chaud…

— Je peux pas la porter, expliqua le Rôdeur, mais je peux pas non plus l'abandonner. Je vais devoir rester avec elle pendant que tu vas chercher de l'aide.

— Pa… pardon ? bafouilla l'adolescente.

Il lui avait été difficile de prononcer ce simple mot. Ses lèvres lui semblaient énormes et difficiles à bouger. En fait, en y prêtant attention, elle s'apercevait qu'elle ne sentait plus ses orteils, tout comme le bout de son nez.

— Le village, poursuivit Polux. Il est tout près maintenant.

— Mais…

Le garçon ne lui laissa pas le temps de finir. Il tourna la tête, son nez frôlant celui de Tara, et posa doucement ses lèvres sur les siennes. Polux sentit la jeune fille se détendre, autant grâce à son baiser qu'à la chaleur qu'il lui transmettait par ce contact. Un léger poids parut s'envoler de ses propres épaules. Il s'éloigna légèrement, mettant malheureusement fin aux papillotements dans son ventre. Il riva son regard à celui de la Tueuse, et sa voix n'était qu'un murmure lorsqu'il ordonna :

— Cours.

Tara hésita un instant, une lueur d'inquiétude brillant dans ses yeux. Puis, revigorée par la caresse de Polux, elle se leva et fonça vers le Sud sans se retourner.

KENNZA

Lentement, l'homme gravit l'escalier de glace, ses pieds nus se posant sur la surface glacée sans même que cela le fasse frémir. Sa cape voletait derrière lui, certaines des plumes qui la paraient se détachant du tissu sous l'effet des courants d'air. Ses yeux ne quittaient pas le mur devant lui, qu'il atteindrait une fois les 13 marches passées. Il apercevait la petite cavité pratiquée dans la paroi de glace, celle où reposait un coffret de métal noir depuis près de 12 ans. Lorsqu'il le prit, ce fut avec des gestes lents et méticuleux. Il posa finalement le boîtier au creux de sa main inerte, entre ses doigts repliés. Son regard se posa sur le symbole d'argent qui ornait le coffre : une spirale traversée par une flèche. Cela faisait bien longtemps qu'il n'avait pas aperçu ce motif.

— Ce jour est enfin arrivé, soupira l'homme d'une voix rocailleuse.

Un simple battement des paupières et la boîte s'ouvrit d'elle-même. L'intérieur était recouvert d'un velours sombre, quelque part entre le rouge et le violet. L'homme plissa légèrement les yeux et la chaîne autour de son cou se défit sans qu'il n'ait besoin d'y toucher. De la même façon, le bijou se dirigea vers le cœur du coffret, où il se lova, tel un serpent au repos. La boîte se referma sur le secret qu'elle gardait, n'offrant aux yeux de l'homme que sa peinture argentée.

— Je t'attendais, mon prince...

La palissade apparut devant elle. À la vue de ce mur haut de plusieurs mètres, Tara ne sut si elle devait opter pour le soulagement ou le désespoir. Elle avait atteint son but, certes, mais maintenant fallait-il que quelqu'un accepte de l'aider.

— Nom et tribu d'origine, tonna une voix du sommet de la tour de droite.

Tara s'immobilisa devant les grandes portes de bois, juste entre les deux tours de garde. Elle leva la tête vers celui qui l'avait interpellée. Dans la noirceur de la nuit, elle ne distinguait presque rien. Elle resta tout de même ainsi un instant, à observer l'homme fixement, sans dire un mot. Elle se demanda s'il faisait plus froid à cette hauteur qu'au sol. Si c'était le cas, elle plaignait vraiment ceux qui étaient de garde. Elle ne pouvait s'imaginer être plus gelée qu'elle ne l'était déjà.

— Comment t'appelles-tu? insista le gardien de gauche.

Cette fois, la voix était féminine. La femme s'était penchée par l'ouverture de la tour, ses longs cheveux rouges luisant sous la lune et... Des cheveux rouges? Tara fronça les sourcils. Qu'est-ce qu'une fille du Sud faisait dans une tribu du Nord? À moins qu'elle ne soit une sang-mêlé comme Polux... Polux! Non, mais qu'est-ce que Tara attendait? Que cette foutue température vienne à bout de ses dernières forces? De toute évidence, c'était presque ce qui s'était passé avec son cerveau...

— J'ai besoin d'aide ! annonça-t-elle enfin. Mon ami, il est...

— Ton nom !!! rugit encore l'homme.

— Calme-toi, lui dit la femme d'une voix calme mais ferme.

— Oh toi, me dis pas...

La fille du Sud leva une main dans la direction de la tour de droite, intimant à son collègue de se taire. Elle se pencha un peu plus par-dessus la rambarde et s'adressa à Tara :

— On t'envoie quelqu'un. Tu pourras le mener à ton ami ?

— Non, mais t'es devenue folle ? s'écria encore le gardien de droite. Tu te rends compte que...

— Ferme-la. Tu sauras le retrouver, oui ou non ? reprit la fille à l'intention de Tara.

Celle-ci hocha la tête, puis se rappelant qu'on n'y voyait pas grand-chose :

— Oui.

La fille du Sud disparut pendant un instant, l'homme continuant de grommeler au somment de sa tour. Tara frissonna et se mit à claquer des dents. «Plus vite, pensa-t-elle, dépêchez-vous!…» Elle serra les bras autour de son corps, le froid s'insinuant jusque dans ses os. La réserve de chaleur que Polux lui avait fournie s'amenuisait… Pendant qu'elle attendait, l'esprit de la Tueuse commença à vagabonder. Vers Polux. Vers les baisers qu'ils avaient échangés un peu plus tôt. Elle n'arrivait toujours pas à mettre des mots sur le sentiment qui l'avait envahie en découvrant qu'il était vivant. C'était d'ailleurs un phénomène impossible à comprendre, mais Tara se promit d'éclaircir ce mystère au plus vite. Enfin, si ces imbéciles de fils du Nord étaient assez rapides pour le sauver, lui et Anouka… Les portes du village s'ouvrirent alors qu'elle se faisait cette réflexion, cédant le passage à un cheval noir attelé à une sorte d'énorme luge.

— Tiens.

Quelque chose de duveteux s'abattit sur Tara, et lorsqu'elle réussit à s'en défaire, elle s'aperçut qu'il s'agissait d'une cape couverte de fourrure. Elle la tint un instant dans ses mains, le regard rivé sur la personne qui la lui avait donnée. Du haut de son cheval, la fille du Nord la lorgnait, un sourcil levé. Elle avait un visage allongé et, sous cet angle, Tara songea que son nez paraissait ridiculement long.

— Ben, qu'est-ce que t'attends? lança la fille avec un geste du menton. Monte!

Tara jeta un œil à la luge, supposant qu'elle regardait présentement son moyen de transport. «J'ai pas droit à un cheval, moi?» grommela-t-elle en son for intérieur. L'étalon sur lequel était juchée la fille du Nord était absolument magnifique. Sa robe, parfaitement unie, avait une teinte bleutée sous les rayons de la lune, et ses crins, noirs également, étaient si longs que les mains de sa cavalière disparaissaient à travers. Seule la lueur rougeoyante dans ses yeux devait maintenir les gens à l'écart; les chevaux du Grand Nord étaient des animaux féroces et sauvages, et ils n'avaient pas l'habitude de changer. Comme pour donner raison à la Tueuse, l'étalon piaffa, un nuage de vapeur se formant lorsqu'il expira bruyamment. L'adolescente s'empressa donc de jeter la cape sur ses épaules — elle se sentit tout de suite mieux — et de s'installer sur la luge.

— Merci beaucoup, dit-elle au dos de la fille du Nord. Je m'appelle Tara...

L'autre agita la main sans se retourner, signifiant clairement son intérêt pour une conversation future.

— Indique-moi seulement le chemin, marmonna-t-elle en se penchant sur l'encolure de son destrier.

Celui-ci n'avait toujours pas cessé de piétiner et de renâcler.

— Oui, bien sûr, bafouilla Tara. Ils ne sont pas loin, Polux...

— Polux ? répéta la fille en pivotant brusquement.

La Tueuse referma la bouche. Mais c'est qu'elle enchaînait les bêtises ! Voilà qu'elle révélait le nom du Rôdeur !... Elle voulut dire autre chose pour rattraper le coup — comment ? —, mais sa très sympathique sauveuse hurlait déjà une phrase dans la langue des Anciens, qui fit se cambrer le cheval. Tara s'agrippa à la luge au moment où elle entendait :

— Accroche-toi !

La Tueuse faillit malgré tout partir en arrière.

— En passant, beugla la fille du Nord par-dessus le vent. Moi, c'est Kennza !

Le soulagement envahit Tara lorsqu'elle aperçut les silhouettes de Polux et Anouka. Non qu'elle craignait vraiment d'être incapable de les retrouver, mais...

— Juste là ! s'écria-t-elle.

— Merci, j'ai remarqué..., soupira Kennza.

Tara resserra sa poigne autour du bois de la luge, autant pour s'empêcher de bondir jusqu'à Polux dans la seconde que pour contenir la colère qui montait en elle. Bien sûr, elle venait de rencontrer Kennza et la connaissait donc à peine, mais elle voulait bien prendre le risque d'avoir tort et dire qu'elle détestait déjà cette chipie prétentieuse. L'imaginer en train de tomber de son cheval qu'elle montait si fièrement faisait naître un sourire sur les lèvres de la Tueuse. Alors l'effet que cela aurait si c'était pour de vrai!... Elle revint brutalement à la réalité quand le traîneau s'arrêta et qu'elle put aller rejoindre le Rôdeur. Anouka et lui étaient toujours blottis l'un contre l'autre, tous deux inconscients. La neige ne les ayant pas encore recouverts, Tara en conclut que Polux n'était évanoui que depuis peu. Partager sa chaleur avec la louve avait dû le vider de ses forces, surtout après que Tara ait eu sa dose.

— C'est impossible...

La Tueuse tourna la tête vers Kennza, qui s'était agenouillée à ses côtés. La fille du Nord observait le Rôdeur avec des yeux ronds, la main tout près du visage du garçon sans toutefois le toucher. Quelque chose se mit à gronder à l'intérieur de Tara. Quelque chose qui lui fit serrer les dents. Si elle s'était écoutée, elle aurait repoussé la main de Kennza d'une gifle. Mais elle se contenta d'ordonner :

— Aide-moi à les installer sur la luge.

Elle se pencha un peu plus sur Polux, mais Kennza lui fit un signe de la main,

comme si elle chassait un moustique.
Tara eut à peine le temps de s'offenser
que la fille du Nord tirait déjà Polux
jusqu'au traîneau. Elle le hissa sur les
planches de bois et l'y allongea, aussi
délicatement que s'il s'était agi d'une
poupée de porcelaine. Le pire fut cependant lorsqu'elle retira sa cape pour en
recouvrir le garçon, et il y avait quelque
chose de si tendre dans ce geste que la
Tueuse sentit son visage s'embraser.

— Ben alors? lança Kennza en sau-
tant sur le dos de son cheval. Tu te
bouges?

Tara inspira profondément, s'obligeant à desserrer les poings. Ses yeux
finirent par lâcher la fille du Nord pour
aller se poser sur Anouka, qu'elle allait
devoir soulever — ce qui s'avéra beaucoup moins facile que prévu. Après avoir
installé la louve aux côtés de son frère de
meute, la Tueuse monta à son tour. À
peine avait-elle posé les fesses sur les
planches qu'elle était propulsée dans la
neige, tête la première.

— Oh, désolée!... s'écria Kennza en jetant un coup d'œil derrière elle.

Tara se releva péniblement, les flocons dans ses cheveux fondant et coulant sous sa cape, et ses doigts rendus gourds après moins de 10 secondes passés sous la neige. L'adolescente n'eut même pas besoin de fusiller Kennza du regard pour savoir que celle-ci rayonnait.

— C'est le cheval, reprit-elle. Il fait à sa tête la moitié du temps!...

La Tueuse serra les dents, ignorant les rires qu'elle pouvait presque entendre dans la voix de la fille du Nord. «Ou alors, il est aussi incompétent et fourbe que celle qui le chevauche...» Tara se hâta tout de même de prendre place derrière ses compagnons, empoignant les bords de la luge. Kennza talonna sa monture, n'avisant même pas sa passagère du départ brutal. La Tueuse jeta un regard assassin à la nuque de la fille du Nord, en partie cachée par un long bandeau blanc qui ondulait au vent — simple décoration vue la longueur de ses cheveux noirs ébouriffés. « Garce », pensa Tara sans desserrer les dents.

C'est sa migraine qui le réveilla. Il avait l'impression que son crâne se recroquevillait, tentant d'écraser son cerveau. Même cette surface moelleuse sur laquelle il reposait ne lui semblait pas très confortable, alors qu'elle aurait sûrement dû l'être. Polux tenta d'écarter les paupières, mais la lumière lui fit monter les larmes aux yeux et il poussa un grognement en se couvrant le visage de son bras.

— Polux ? fit une voix sur sa gauche.

Un poids s'abattit de chaque côté de ses jambes, et un autre lui comprima la poitrine. Il sentit alors quelque chose d'humide lui râper la joue. Cette caresse familière détendit le Rôdeur.

— Salut, ma belle, grommela-t-il en gardant les paupières serrées — Anouka avait entrepris de le couvrir de bave, yeux, nez, bouche et oreilles compris.

Polux attrapa sa sœur de meute par le cou, remarquant qu'elle ne semblait plus porter la chaîne.

— Je crois qu'elle est aussi heureuse de te voir que je le suis.

Le Rôdeur se redressa sur ses coudes, repoussant Anouka au passage. La louve sauta en bas de ce qui était apparemment un lit et alla s'asseoir contre le mur, sa queue battant joyeusement le sol. Polux s'essuya les yeux et reporta son attention sur l'ombre qui pesait toujours sur ses cuisses. Dans l'obscurité de la pièce, avec les rayons du soleil filtrant par une minuscule fenêtre pour seule lumière, il lui était difficile de discerner quoi que ce soit. La silhouette qui se découpait en contre-jour restait toutefois parfaitement reconnaissable.

— Oh, je parie qu'elle l'est plus que toi.

— Ah, vraiment?...

Polux s'assit complètement, appuyé sur ses mains, le visage levé vers celui de Tara.

— Oui, vraiment.

Le feu lui monta aux joues quand la Tueuse se pencha vers lui. Mais elle s'immobilisa lorsque leurs nez se frôlèrent.

Un frisson parcourut le dos du Rôdeur. Il voulait l'embrasser, là, tout de suite. Et pourtant, il hésitait. Ils n'avaient pas vraiment eu le temps de mettre au clair ce qui s'était passé entre eux. Ils s'étaient déjà embrassés deux fois ; la première lorsque Tara s'était réveillée dans ses bras, mais peut-être était-elle seulement soulagée de le voir vivant. Et la deuxième lorsqu'il lui avait transmis un peu de sa chaleur pour qu'elle aille chercher de l'aide. À ce moment, il en avait eu envie, voilà tout. Mais elle… « La biche ne s'attrape jamais d'elle-même », songea-t-il alors, se rappelant un vieux dicton des tribus du Nord. Et il l'embrassa. Les fourmillements qui apparurent dans son corps lui laissèrent penser qu'il rougissait maintenant de la tête aux pieds. Tara répondit à son baiser, avec beaucoup plus d'enthousiasme qu'il n'aurait osé l'espérer. Elle enfouit ses mains dans ses cheveux, l'empêchant de se dérober, et alla même jusqu'à enrouler ses jambes autour de la taille du Rôdeur.

Bien sûr, ce n'était pas pour déplaire à ce dernier... La Tueuse s'écarta brusquement.

— Dis-moi que je ne viens pas d'embrasser de la bave de chien.

Polux cligna des paupières plusieurs fois, légèrement désorienté.

— De la bave de loup, corrigea-t-il finalement. C'est pas du tout la même chose.

Tara l'observa un instant, puis éclata de rire.

— Je suis parfaitement sérieux, reprit le garçon en retenant un sourire. Les loups sont plus propres.

— D'accord, d'accord..., fit Tara, toujours hilare.

Quelques secondes s'écoulèrent encore avant qu'elle ne cesse de hoqueter. Lorsqu'elle se fut calmée, elle plongea son regard dans celui du Rôdeur, qui l'observait intensément, comme captivé par quelque chose qu'elle ne pouvait voir.

— Quoi ? demanda-t-elle.

Polux haussa les épaules.

— Je me disais seulement...

Un flot de lumière se déversa dans la pièce, le forçant à plisser les yeux. Quelqu'un venait d'ouvrir la porte et les rayons du soleil étaient maintenant libres d'entrer comme ils le voulaient.

— J'interromps quelque chose ?

Polux vit les mains de Tara se crisper sur la couverture. Lui tourna la tête vers leur visiteur, alors qu'elle regardait délibérément dans la direction opposée.

— Non, assura-t-il.

— Oui, affirma-t-elle.

Il y eut un moment de silence, puis Polux fronça les sourcils, croyant que l'éclairage lui jouait des tours. Ce visage aux traits sévères, cette façon de se tenir appuyée sur une seule jambe...

— Kennza ?

— Eh ben, j'ai failli croire que tu m'avais oubliée, le Rôdeur !... lança la jeune fille en s'approchant du lit, un sourire aux lèvres.

— Vous vous connaissez ? s'exclama Tara.

Polux tourna la tête vers elle, s'étonnant de sa réaction. Elle n'était pas seulement surprise, elle paraissait quasi furieuse. Le Rôdeur la sentit se crisper, comme si elle réprimait une réaction soudaine — soudaine et agressive.

— Ouais, tenta-t-il d'expliquer. On...

— On a déjà été ensemble, compléta Kennza.

Le Rôdeur n'eut pas le temps de nier que Tara sautait à terre et quittait la pièce, Anouka sur les talons — celle-ci ne semblait pas du tout troublée, sa langue pendant d'un côté de sa gueule et sa queue fouettant l'air. Polux riva son regard à celui de Kennza.

— Pourquoi t'as dit ça?

La fille du Nord haussa les épaules.

— Ça m'amusait.

Elle vint s'asseoir sur le lit à côté du Rôdeur. Levant les yeux vers lui, elle ajouta en levant un sourcil :

— Et puis, c'est vrai.

— C'est totalement faux, répliqua Polux, un sourire naissant sur ses lèvres malgré lui.

— On s'est embrassés.

— Ça veut rien dire!...

— Alors, Tara et toi, vous êtes pas ensemble, c'est ça ?

Polux soupira bruyamment et se laissa tomber sur son oreiller, plaquant ses mains sur son visage.

— J'en sais rien !… laissa-t-il tomber.

— Enlève tes mains quand tu parles, sinon on comprend rien.

Kennza repoussa les bras du Rôdeur d'une petite claque.

— On en reparlera plus tard, reprit-elle.

Polux se releva d'un bond et planta ses yeux dans ceux de son amie.

— Non, c'est hors de question. Toi et moi, on est pas ensemble et on l'a jamais été. C'est tout ce qui importe.

La fille du Nord se contenta de lever les yeux au ciel. Sachant très bien ce que cela signifiait, le Rôdeur voulut insister, mais Kennza le coupa :

— Je venais simplement voir comment tu allais et t'annoncer que toi et ta…

Polux attendait cette phrase depuis l'apparition de l'adolescente, et il détesta l'hésitation dans sa voix.

— ...copine êtes les bienvenus chez les Oubliés.

— Merci, dit-il malgré tout.

On appelait les habitants de cette tribu ainsi à cause de leur mode de vie plutôt inhabituel. Les gens qui vivaient ici venaient des quatre points cardinaux, tout comme le Royaume des Quatre — d'où son nom. Certains disaient que c'était contre nature, que les races étaient faites pour vivre chacune de leur côté, et que ceux qui n'agissaient pas comme tel avaient « oublié » leurs origines. Les sang-mêlés étaient plutôt rares pour cette raison, la majorité de la population refusant de se mélanger aux autres races pour des raisons non obligatoires, telles que les traités de paix ou le commerce de nourriture.

— Bon, fit Kennza en se levant. Repose-toi, mais pas trop : aujourd'hui, c'est la foire aux artisans. Tu veux pas manquer ça !

— La foire aux artisans ? répéta Polux.

La jeune fille éclata de rire.

— Mais oui ! Pour le Festival du Dixième ! Ce que t'es bête !...

Le Rôdeur s'apprêtait à demander en quoi il était bête quand Kennza lui plaqua ses lèvres sur la joue.

— Allez, à plus tard, le Rôdeur !...

Et elle s'en alla.

Les Oubliés

Tara tira sur le col de sa nouvelle cape qui lui collait à la peau. Quelle chaleur !... Comment se pouvait-il qu'il fasse si chaud dans une région aussi éloignée au Nord ? La seule explication possible était une bulle d'isolement. Ou alors, quelque chose qui s'en rapprochait. Le sorcier — comment la vendeuse d'étoffes avait-elle appelé les habitants, déjà ? — des « Oubliés » avait ensorcelé le village afin d'en contrôler la température, la rendant ainsi vivable pour tout le monde. C'était assez chaud pour qu'on y soit confortable avec une simple veste, mais assez frais pour que les fils du Nord ne tombent pas malades, eux qui étaient conçus pour vivre dans le froid glacial. Tara se dit que cela ressemblait aux premières gelées de la fin d'automne. Le sentier qu'elle suivait depuis un bon moment semblait recouvert d'une mince couche de givre. Ce caillou aussi, d'ailleurs. Elle l'écarta de son chemin d'un coup de pied. Il roula sur quelques mètres et disparut sous un étalage de bijoux de toutes sortes. La Tueuse s'arrêta au milieu du sentier, peut-être un peu trop brusquement, car quelqu'un la bouscula et la contourna en grommelant des injures. L'adolescente ne fit pas attention, son regard rivé au kiosque de bijoux. Assise sur un tabouret, derrière la table présentant colliers, bracelets, parures pour cheveux et autres, une fillette se faisait percer les oreilles avec une aiguille en os. À ses côtés, sa mère lui tenait la main et, à sa grimace, Tara devinait que la petite fille devait avoir une forte poigne. La Tueuse pinça son lobe avec deux doigts. Peut-être que… Non. Kennza avait un anneau à son oreille gauche. Hors de question qu'elle imite cette pimbêche. Tara soupira, prête à reprendre sa route et décidée à profiter de cette belle journée, refusant que quelqu'un comme

Kennza lui gâche le plaisir de faire des emplettes.

— Eh, vous, mademoiselle !

La Tueuse n'eut pas le temps de faire un pas qu'on l'avait saisie par la taille, la faisant pivoter vers un petit kiosque tellement encombré qu'il était presque impossible de savoir exactement ce qui s'y vendait. Tara sentit qu'on la poussait à avancer, mais même en se dévissant la tête, elle ne parvint qu'à apercevoir d'épais cheveux blancs. Elle s'immobilisa finalement devant un grand miroir qui lui permettait de se voir en entier, et son « agresseur » vint se planter à ses côtés. Il s'agissait en réalité d'une vieille femme, si petite que lorsque Tara la regardait, elle ne voyait que le sommet de sa tête.

— Vous êtes parfaite, annonça la femme en levant son visage ridé vers la Tueuse.

Elle avait des traits sympathiques, avec des petits yeux plissés et des joues rondes. La femme elle-même était grassouillette et, avec sa robe noire sur sa peau verte, elle ressemblait aux sorcières des histoires qu'on racontait aux enfants. Une gentille sorcière.

— Sett! s'écria-t-elle alors en direction d'une montagne de morceaux de tissus.

Puis, se tournant vers Tara :

— Ne bougez pas.

Et elle disparut derrière la montagne. L'adolescente resta un moment immobile, se demandant ce qui venait de se passer. Elle finit par hausser les épaules, plus intriguée par ce qui l'entourait que par ce que la vieille femme avait vu — ou cru voir — en elle. Tara examina donc un peu plus attentivement son nouvel environnement et s'aperçut que la pile de tissus derrière laquelle s'était précipitée la gentille sorcière était en fait composée de vêtements, sous lesquels était dissimulée une grande table de bois. Sous cette table étaient empilés près d'une dizaine de paniers en osier, desquels on voyait dépasser d'autres pièces de tissu. Et ça, ce n'était que ce qui se trouvait à la droite de la Tueuse. La jeune fille n'eut toutefois pas le temps de poursuivre ses recherches, car une silhouette surgit de derrière la montagne de vêtements.

— Bonjour, lui lança une fille du Sud.

Elle était absolument ravissante. Ses cheveux rouges tombaient sur ses hanches, minces mais à la courbe évidente, où sa jupe longue s'ouvrait pour révéler ses jambes — ses jambes! Tara aurait tué pour en avoir d'aussi belles!

— Bonjour, répondit la Tueuse.

La fille du Sud lui sourit, mais même avec cette expression, il y avait quelque chose de triste dans son visage. Un voile mélancolique, une ombre qui salissait cette peau d'albâtre parfaite.

— Tu sais de quoi tu as envie?

— Moi, je sais ce qu'il lui faut, coupa la vieille dame avec un regard agacé en direction de son employée.

La fille du Sud haussa les épaules et s'approcha de Tara.

— Je peux? dit-elle en déroulant le ruban qui était à son poignet.

Tara hésita un instant. Elle n'avait pas vraiment choisi de venir à ce kiosque, elle y avait plutôt été emmenée de force.

Avait-elle réellement besoin de nouveaux vêtements, elle qui ne restait jamais longtemps au même endroit ? Car les sacs, c'était encombrant. D'un autre côté…

— Bien sûr, fit-elle en écartant les bras.

La vieille femme croisa les bras d'un air satisfait, observant la fille du Sud prendre les mensurations de Tara. Cette dernière s'interrogea sur ce qu'on allait essayer de lui vendre, car bien qu'il s'agisse d'habits, il lui était toujours impossible d'identifier le bazar qui l'entourait.

— Bien, annonça la fille du Sud. Suis-moi.

Elle replaça le ruban autour de son poignet. Puis, adressant un nouveau sourire à Tara :

— Sett.

La Tueuse tendit la main.

— Tara.

Deux filles passèrent à côté de lui en gloussant, leurs yeux le balayant de la tête aux pieds, et Polux se sentit rougir jusqu'à la pointe des oreilles. Ça allait continuer encore longtemps, ce petit jeu ? Depuis qu'il avait retiré sa cape — il faisait une chaleur étouffante, mais il semblait être le seul à remarquer —, tout le monde le dévisageait. Enfin, surtout les filles. Au début, il avait cru que Kennza avait fait circuler le mot comme quoi le Rôdeur était chez les Oubliés, mais il s'était rapidement aperçu que ce n'était pas son tatouage de fils du Nord qui attirait l'attention. Presque toutes les demoiselles qu'il croisait — ça allait des gamines de 10 ans jusqu'aux jeunes femmes très fort probablement en couple — avaient le regard qui flânait sur des parties plus musclées de son corps et disons aussi… plus rondes. Le Rôdeur ignorait s'il devait préférer ça ou l'anonymat…

— Je peux t'aider ?… susurra une voix.

Polux tourna la tête vers la vendeuse de bijoux… et s'empressa de détourner les yeux du décolleté plongeant mis beaucoup trop en évidence par la femme qui devait avoir l'âge de Castor… Castor, cet imbécile qui avait fait jeter Tara et Polux d'un dirigeable en vol!…

— Non merci, affirma le Rôdeur en se concentrant sur l'étalage de pierres précieuses. Je fais juste regarder.

Il s'était arrêté à ce kiosque presque inconsciemment. Depuis ce matin, il cherchait une façon de se faire pardonner auprès de Tara. L'intrusion de Kennza dans la chambre avait extrêmement irrité la Tueuse, qui semblait déjà détester la fille du Nord. Que Polux soit incapable d'expliquer l'origine de leur amitié, à Kennza et lui, ne faisait qu'empirer la situation. Voilà donc pourquoi il tentait désespérément de trouver quelque chose qui plairait à une fille aussi exception-nelle qu'incompréhensible que — oserait-il le dire? — sa compagne.

— Celle-là est magnifique, lui dit la vendeuse en faisant bien attention de rester penchée sur la table qui lui arrivait au nombril, sa poitrine posée sur ses bras croisés. Elle ferait ressortir tes yeux.

Elle désignait une chaîne en argent au bout de laquelle brillait une pierre rouge foncé, peut-être un grenat. Le bijou était en effet très joli, de la même couleur que ses yeux plus sombres que la majorité des fils et filles du Sud.

— C'est pas pour moi, marmonna Polux en évitant tout contact visuel avec la vendeuse.

— Et qui est la chanceuse?...

— Ma compagne, répondit-il d'un ton quasi monotone. Une beauté fatale. Très jalouse. Elle vient des Tueurs.

— Oh.

La femme se redressa, rajusta son corsage et ajouta d'un ton beaucoup moins mielleux que précédemment :

— Si tu as besoin de quoi que ce soit, je suis à l'arrière.

Elle écarta un long rideau blanc et disparut derrière. Polux soupira en s'étirant, les bras levés vers le ciel saphir.

— T'as laissé tomber ça, fit une voix tout près de lui.

Il ne manquait plus que ça ; Kennza. Le Rôdeur hésita à se retourner. Ça ne l'ennuyait pas de passer du temps avec elle, non. C'est juste qu'il n'était pas certain que Tara apprécierait qu'ils se baladent ensemble, surtout après ce qui s'était passé à son réveil. Et puis, il y avait ce baiser. Polux ne savait pas trop ce qu'il devait en penser, s'il devait s'interroger sur les intentions de Kennza ou s'il se faisait juste des idées…

— Eh, c'est à toi que je parle, le Rôdeur.

Ce dernier pivota sur ses talons, un sourire lui barrant le visage.

— Salut Kennza, dit-il en prenant sa cape des mains de la jeune fille. T'es là depuis longtemps ?

— Assez pour t'avoir vu faire peur à cette pauvre vendeuse.

Polux ne put retenir un éclat de rire. S'il y avait quelqu'un à plaindre dans cette histoire, ce n'était sûrement pas cette aguicheuse !

— C'est à moi qu'elle faisait peur, et pas le contraire !…

— Parce que maintenant, il y a des choses pour effrayer le Rôdeur ?

Le garçon resta silencieux, son regard fixé à celui de Kennza.

— J'ai l'impression que tu as changé, Polux, dit celle-ci d'un ton beaucoup plus sérieux.

— Je crois que nous avons tous les deux changé, répondit le Rôdeur.

Kennza le dévisagea un instant, un sourcil levé. Puis elle haussa les épaules.

— Allez, viens! lança-t-elle en attrapant la main de Polux et en l'entraînant à sa suite.

Tara se mordit les lèvres en regardant son reflet dans le miroir. Qu'est-ce qui lui avait pris de se laisser manipuler par cette vieille sorcière?...

— Alors, qu'est-ce que ça donne? interrogea la maléfique bonne femme.

« Absolument rien », eut envie de riposter la Tueuse. Un bras surgit alors entre les rideaux qui la séparait du reste du monde, et Tara se couvrit de sa cape en une seconde, juste avant qu'une main se referme sur son poignet et la tire hors de sa cachette.

— Alors? insista la vieille dame. Montrez-nous.

Tara resserra sa poigne autour de sa cape. Hors de question qu'elle dévoile ainsi son corps et toutes ses imperfections !... Si elle avait su ce qu'on essayait en réalité de lui vendre...

— Sett..., fit la vendeuse alors qu'un sourire en coin se dessinait sur son visage.

La Tueuse eut à peine le temps de tourner la tête vers la fille du Sud que celle-ci avait attrapé un coin de sa cape. Le tissu glissa des doigts de Tara et en un instant elle se retrouva... en minuscule chemise de nuit. Ce kiosque offrait exclusivement des vêtements féminins. De toutes les sortes, en passant par les petites culottes de dentelle jusqu'aux plastrons de combattante aguerrie ; de toutes les tailles, large comme la main ou cinq fois trop grand pour la Tueuse ; et de toutes les couleurs, blanc comme la neige, jaune comme le soleil ou noir comme la nuit. Dans cet enchevêtrement de tissus, Tara n'avait eu aucune idée de ce qu'elle allait devoir enfiler, jusqu'à se retrouver derrière les rideaux, la mince et soyeuse pièce de tissu entre les mains.

— Je..., bafouilla-t-elle en resserrant les pans d'étoffe autour de son corps. Je ne crois pas que ça me va...

— Mais bien sûr que si! répliqua la vendeuse d'une voix forte. Ça vous va même à merveille!

La Tueuse allait secouer la tête, mais elle s'immobilisa en voyant son reflet dans le miroir. La chemise de nuit était jolie, c'est vrai. En fait, elle était ravissante. Le tissu était si doux qu'il semblait couler comme une perle de rosée sur la peau de la jeune fille. Et sa couleur... Tara avait l'impression d'être vêtue d'un petit bout de ciel nocturne.

— C'est...

Elle voulut dire « magnifique », mais le mot resta coincé dans sa gorge. Parce que ça ne l'était pas. Pas sur elle, du moins. Pas avec ses épaules un peu trop larges pour qu'elle ait réellement l'air d'une jeune fille douce et fragile. Pas avec ses longs cheveux indisciplinés qu'elle n'arrivait pas à coiffer de façon convenable et élégante. Pas avec ses cuisses et ses fesses légèrement trop rondes, ni avec sa poitrine qui ne l'était peut-être pas assez. C'était sublime, mais pas sur elle.

— Une minute! s'écria la dame au moment où Tara faisait mine de retirer le vêtement. Je sais ce que vous croyez et vous avez entièrement tort.

— Je pense que c'est vous qui...

— Taisez-vous et écoutez-moi, ordonna la vendeuse en se plantant devant la Tueuse. Vous êtes une femme. Et la femme est la plus belle des créatures qui n'existera jamais. Vous n'avez donc pas à avoir honte de vos soi-disant défauts, qu'il s'agisse de vos yeux, de vos fesses ou de vos pieds, car vous êtes par définition une des plus belles créatures en ce monde. Me suis-je bien fait comprendre?

Tara en resta bouche bée. Sous ses yeux, la vieille dame fronçait les sourcils, la sondant du regard comme si elle voulait s'assurer qu'elle avait bien assimilé ses propos. Et derrière cette mégère complètement cinglée, Sett souriait à la Tueuse comme si tout cela était très amusant.

— Me suis-je bien fait comprendre ? répéta la sorcière.

Tara hocha lentement la tête, incertaine de ce qu'elle faisait. Puis, des éclats de rire leur firent tourner la tête à toutes les deux.

— Bon ça va, je te l'offre ! lança Sett entre deux hoquets.

— Sett !... soupira la vendeuse.

— Je vais te les payer, promis ! insista-t-elle en faisant signe à Tara d'aller se changer.

Après que celle-ci se fût exécutée, Sett lui remit son achat dans un petit sac en cuir se passant sur l'épaule.

— C'est vraiment très gentil, remercia la Tueuse.

La fille du Sud lui sourit, toujours avec cet air triste qui n'avait jamais quitté son visage, pas même quand elle avait éclaté de rire.

— Disons que tu m'en dois une. Tu viendras me voir danser, demain, d'accord ? Pour le Festival du Dixième.

En réponse à l'air interrogateur de Tara, Sett lui dit :

— Ça va faire 10 ans que les Oubliés existent.

— Parfait alors, acquiesça la Tueuse. J'y serai.

Sett lui tendit son sac.

— Tiens. Je suis certaine que ton copain — car une fille comme toi en a sûrement un — en aura le souffle coupé.

En passant la sacoche autour de son épaule, Tara sentit ses lèvres s'étirer en un sourire. Avec ça, le Rôdeur n'aurait d'yeux que pour elle — et seulement elle.

La porte se referma avec un léger claquement. Sous ses pieds nus, les lattes de bois étaient délicieusement fraiches. Polux passa devant Anouka, roulée en boule en plein milieu du couloir. La louve émit un bruit sourd sur son passage, comme si elle le grondait de l'avoir laissée seule durant toute une journée. Le

Rôdeur ignora sa sœur de meute et se traîna jusqu'au petit lit au fond de la pièce, sa cape ramassant la poussière sur son passage. Il la laissa tomber à côté de leurs armes, à Tara et lui, et songea que tout était vraiment dans un piètre état. Son sabre, déjà émoussé par le temps, avait très mal supporté le plongeon dans la rivière gelée. La lame avait rouillé à hauteur du manche et s'était tordue à la pointe. Les biens de Tara ne s'en étaient pas mieux sortis : de son carquois ne dépassaient plus que deux ou trois flèches, et le cuir de l'étui s'était fendu en plusieurs endroits à cause du froid. Pour sa part, le bois de l'arc s'était presque entièrement rompu en son centre, rendant l'arme inutile. « Je trouverai quelqu'un qui réparera tout ça », se dit Polux. Il imagina l'expression de la Tueuse lorsqu'il lui remettrait ses armes comme neuves. Ça devrait être suffisant pour qu'elle oublie Kennza… au moins pendant un moment.

— Tara ? lança le Rôdeur en se laissant tomber sur le lit.

Personne ne lui répondit, mais des sons lui parvinrent de la salle de bain. Le genre de bruits qu'un corps produit en entrant dans l'eau chaude d'une baignoire, lorsque les gouttelettes roulent sur la peau, s'en détachent et retournent s'écraser à la surface de l'eau avec un son clair.

— Je suis rentré…, marmonna Polux en glissant ses bras sous sa nuque.

Tara ne l'avait probablement pas entendu, mais ce n'était pas vraiment la première de ses préoccupations. Il enfonça sa tête dans l'oreiller, savourant le calme qui envahissait lentement son corps. Quelle journée !… Kennza l'avait traîné à travers tout le village, en passant par les boutiques, le camp d'entraînement des guerriers, l'école — Polux avait été incapable de compter toutes les paires d'yeux ronds qui s'étaient tournés vers lui —, la maison du sorcier des Oubliés, sans oublier sa propre maison. Là, le Rôdeur avait rencontré la mère de Kennza, une petite femme au regard sévère qui l'avait scruté de la tête aux pieds, comme si elle voulait s'assurer qu'il n'était pas dangereux pour sa fille. Et bien sûr, lorsqu'elle lui avait demandé s'il était le nouveau compagnon de Kennza, cette dernière s'était empressée de répondre par l'affirmative. Polux n'avait pas eu la moindre chance de réparer la bêtise de son amie qu'elle l'avait déjà tiré hors de la maison. Ils s'étaient ensuite rendus chez un homme haut de plus de deux mètres avec un ventre tout aussi disproportionné, qui avait la réputation de faire les meilleurs plats de tout le village. Une assiette à moitié grosse comme la table à laquelle ils étaient assis avait été posée entre les deux adolescents. Malgré son appétit vorace, Polux n'avait su si l'aide de Kennza serait suffisante pour avaler tout le contenu de leur plat — une montagne de pâtes recouverte de sauce aux légumes avec d'énormes boulettes de viande de cheval. Pendant qu'il mangeait, la fille du Nord n'avait presque jamais cessé de parler, racontant au Rôdeur comment, un an plus tôt, sa mère et elle avaient intégré les Oubliés, laissant un mari pour l'une, un père pour l'autre, derrière elles. Leur tribu d'origine étant celle des Spectres, leur voyage avait été long et difficile pour parvenir chez les Oubliés. Elles avaient séjourné dans un village allié, celui des Fugitifs.

— On y a rencontré ton frère, avait précisé Kennza, trouvant apparemment qu'il s'agissait d'une information pertinente. Bon sang, ce qu'il est séduisant ! Tu lui ressembles beaucoup, tu sais ?

Polux était resté silencieux et avait commencé à faire rouler la dernière boulette en la poussant avec sa fourchette. Son amie ne s'était pas aperçu de son trouble — ou alors elle s'en fichait — et avait repris sa tirade. Une heure après, une bande rouge à l'horizon était tout ce qui subsistait du soleil ardent de la journée. L'énorme cuisinier avait profité d'une pose dans le monologue de Kennza pour conseiller aux jeunes gens de rentrer chez eux avant que la nuit ne tombe. Comptant bien l'écouter, Polux avait jeté une poignée de pièces d'or sur la table et s'était éclipsé, prétextant une migraine, souhaitant ainsi éviter de devoir raccompagner Kennza chez elle — et d'affronter le regard inquisiteur de sa mère. Et puis, le coup de la migraine n'était qu'à moitié faux…

— Tu as passé une bonne journée?

La voix de Tara ramena le Rôdeur au moment présent.

— Elle aurait été meilleure si je l'avais passée avec toi, répondit-il en se redressant.

Il se figea aussitôt.

— Où… Où as-tu trouvé ça? bafouilla-t-il en détaillant la Tueuse de la tête aux pieds.

La chemise de nuit que l'adolescente portait ne couvrait que très peu de peau et ce qu'elle révélait laissa Polux pantois. La température de la pièce parut monter en flèche — était-ce pour cela que le Rôdeur avait soudain de la difficulté à déglutir?

— C'est une amie qui me l'a offert, expliqua Tara avec un léger haussement d'épaules. Tu aimes?…

Le garçon hocha lentement la tête, subjugué par la façon dont les hanches de la Tueuse se balançaient à chaque pas qu'elle faisait. Et ses jambes, c'est qu'elles étaient interminables !... Polux se demanda si elles seraient aussi douces sous ses doigts qu'elles en avaient l'air...

— Hein ? fit-il en entendant la voix de Tara.

Qu'avait-elle dit ? Aucune idée. Tout ce qu'il savait, c'est que ses lèvres, ses magnifiques lèvres, avaient bougé.

— Sett avait vu juste, alors...

Le Rôdeur revint brusquement à la réalité. Le sentiment qui s'empara de lui... Ça lui rappela la fois où il avait dévalé une pente pleine de rochers et de vieilles souches. Il avait fini sa course étendu sur le dos, le cœur au bord des lèvres, trop sonné pour comprendre ce qui venait de lui arriver, qu'une partie du sentier s'était dérobée sous ses pieds. Toutefois, hors de question que Polux laisse paraître quoi que ce soit sur son visage. Tara semblait heureuse, et il refusait de briser ça avec une autre dispute. Il chassa donc ses mauvais souvenirs d'une profonde inspiration, les envoyant quelque part dans le néant de son esprit.

— Tu es ravissante, murmura-t-il en prenant les mains de la Tueuse dans les siennes.

En voyant le rouge colorer les joues de la jeune fille, le Rôdeur comprit que, malgré la confiance dont elle faisait preuve, Tara avait craint de ne pas lui plaire. Il la tira vers lui, l'obligeant à s'asseoir à ses côtés. Après quelques secondes de silence, elle bredouilla :

— Désolée pour ce matin. Ma réaction était peut-être légèrement exagérée.

Sa façon d'appuyer sur le mot « légèrement » sous-entendait qu'elle ne croyait pas un mot de ce qu'elle disait, mais Polux trouva cela plutôt amusant.

— C'est moi qui m'excuse, dit-il en plantant son regard dans celui de la Tueuse. Kennza est mal tombée. J'aurais dû la mettre dehors.

Tara détourna les yeux, mais lorsqu'elle sourit, Polux ne put retenir un éclat de rire.

— Tu l'aimes vraiment pas, hein ?

L'adolescente leva la tête vers lui, ses sourcils froncés — et elle plissait encore le nez.

— C'est réellement ton ancienne copine ?

Le Rôdeur haussa les épaules.

— On a passé du temps ensemble quand j'avais 12 ou 13 ans. Elle et son père étaient de passage au Royaume des Quatre. Le jour où ils devaient prendre la route pour le Nord, on s'est dit adieu et elle m'a embrassé. Je l'avais pas revue avant aujourd'hui. Ça te va comme explication ?

Tara sembla réfléchir un instant, puis elle sourit de nouveau.

— D'accord, conclut-elle avant de plaquer sa bouche sur celle du Rôdeur.

Ce dernier eut un petit sursaut de surprise, mais ferma vite les yeux pour se laisser aller à ces délicieux chatouillements que les caresses de Tara faisaient naître dans son ventre. Polux passa une main dans les cheveux encore humides de la jeune fille. Ils dégageaient un parfum de savon aux fruits, et l'odeur sucrée combinée au contact de la peau de Tara contre la sienne le fit frissonner.

— Je t'aime, Tara, murmura-t-il entre deux baisers.

La Tueuse se figea, rouvrant les yeux et les rivant aux siens.

— C'est ce que j'ai essayé de te dire ce matin, reprit Polux. Je crois que je suis amoureux de toi.

Tara resta silencieuse. Le Rôdeur la dévisagea, essayant de deviner à quoi elle pensait. En voyant que la jeune fille évitait son regard, il comprit qu'elle se sentait perdue. Pas qu'elle hésitait, pas qu'elle avait des doutes. C'était plus compliqué que ça. Mais avant que Polux puisse mettre le doigt dessus, Tara lui sourit, et les secrets qu'il apercevait dans ses pupilles disparurent.

— Ne parle pas trop vite, lui souffla la Tueuse avant de poser un dernier baiser sur ses lèvres.

Elle se leva et marcha jusqu'à l'autre lit, ses hanches ondulant doucement et délicieusement.

— Bonne nuit, Polux.

Le Rôdeur n'eut que quelques secondes de plus pour admirer la peau nue de Tara, avant que celle-ci ne se glisse sous ses couvertures.

— Bonne nuit, marmonna-t-il à son tour en s'allongeant.

Il ferma les yeux, les baisers de la Tueuse lui brûlant encore les lèvres, des images de courbes bien dessinées et de magnifiques jambes gravées derrière ses paupières.

CAUCHEMARS

L'aigle de glace s'ébroua. Quelques plumes se détachèrent de son corps et, dans un son clair comme le cristal, atterrirent doucement sur le sol.

— Tu sais ce que tu as à faire, lui dit son maître.

Pour toute réponse, l'oiseau poussa un cri qui se répercuta contre les hauts murs de glace. L'homme lui caressa la tête, un des rares gestes de tendresse qu'il se permettait encore aujourd'hui.

— Tu ne seras pas seul, mais je compte quand même sur toi…

L'aigle agita nerveusement la tête en sentant quelque chose l'effleurer. Quelque chose d'invisible. Comme si le vent jouait dans son plumage. Sauf que ce n'était pas le vent. Et que ça sentait mauvais, comme de la chair en décomposition.

— Envole-toi, mon joli…

Le rapace déploya ses grandes ailes et fila vers le sommet des tours du château, la chose à sa suite. La glace s'ouvrit à leur approche et, par ce passage que son maître lui avait créé, l'aigle se jeta dans le ciel nocturne.

Il survolait de petites habitations quand l'odeur de pourriture le quitta. L'aigle ouvrit son bec pour laisser passer un cri perçant, savourant la caresse du vent pur sur ses plumes. Il jeta un dernier regard en direction du sol, espérant que la chose invisible y resterait pendant un moment. Puis, changeant de direction par un léger battement d'ailes, il repartit d'où il était venu.

La chose s'infiltra par les interstices tout autour de la porte, entrant dans la maison comme un courant d'air. Elle se déplaçait en rasant le sol, prédatrice traquant sa proie, affamée à la recherche d'un être sans défense. Elle sentit immédiatement qu'elle avait été repérée; deux yeux bleus et brillants tentaient de la localiser. Elle dévia légèrement de sa trajectoire initiale, ses doigts invisibles effleurant la magnifique créature qui avait deviné sa présence. La bête souffla bruyamment en détectant son odeur et ébroua son long pelage blanc. Un grondement monta de sa gorge alors qu'elle cherchait encore à identifier l'intrus. Mais la chose invisible s'éloignait déjà en rampant, attirée par une nouvelle victime. Cette dernière dormait profondément, sa peau pâle luisant sous les rayons de la lune qui s'infiltrait par la minuscule fenêtre. La chose s'agrippa au bras de sa cible, se hissant jusqu'à être assez près de sa tête pour pouvoir se glisser entre ses lèvres entrouvertes. C'est là que la chasse put commencer.

Polux tenta de se débattre, mais le froid continua à l'envahir. Il lui était impossible de bouger, ses bras et ses jambes refusant de lui obéir. Lentement, tout son corps s'engourdit. Il ne sentait déjà plus ses doigts. Il voulut appeler de l'aide, mais quelque chose se referma sur sa gorge. Sa respiration se fit sifflante, sa tête commença à tourner. Le noir autour de lui paraissait être de plus en plus opaque et l'air, de plus en plus dense, comme s'ils souhaitaient tous les deux le faire suffoquer. Mais Polux refusait d'abandonner. Même si chaque fois qu'il tentait de bouger, ses membres s'enfonçaient un peu plus dans le sol sous lui. Même si chaque fois qu'il tentait d'appeler du secours, la poigne serrait sa gorge un peu plus fort. Même si chaque fois qu'il tentait d'aspirer une goulée d'air, ses entrailles le brûlaient un peu plus. Et surtout, surtout, il ne devait pas écouter ce rire glacial qui lui emplissait les oreilles et résonnait dans son crâne, tel un ennemi invisible qui se réjouissait de son impuissance, de sa souffrance, de sa défaite et de sa mort.

La chose s'extirpa lentement du corps de sa victime par sa bouche et son nez, prenant plaisir à l'asphyxier encore un peu. Elle se laissa glisser jusqu'au sol, coulant cette fois le long d'une couverture.

L'obscurité dans la pièce était presque totale maintenant, un nuage camouflant sûrement la lune. La chose invisible fila vers la fenêtre, vers les minces espaces entre la vitre et le mur qui lui permettraient de s'échapper, mais elle s'arrêta en plein élan. Il y avait une deuxième proie ici, et la tentation était forte. Bien sûr, elle avait accompli ce qu'on lui avait demandé, mais un second festin n'était pas de refus...

« Je crois que je suis amoureux de toi. » Les mots résonnèrent dans sa tête. À qui appartenait cette voix, déjà ? Tara n'arrivait pas à s'en souvenir. Le timbre était doux, légèrement sourd. Une caresse pour tous les sens. La Tueuse ferma les yeux en frissonnant. Cette phrase, bien que plaisante, avait quelque chose d'effrayant, quelque chose de presque douloureux. « Non, je... je ne peux pas... », s'entendit-elle répondre. Que voulait-elle dire par là ? Elle ne pouvait pas quoi ? Elle tenta de rouvrir les yeux, mais ses paupières semblaient collées. Elle se retrouvait dans le noir complet et, pour la première fois, cela l'apeura. « Ils ne te laisseront pas faire. » La voix l'entoura de nouveau, glissant sur sa peau comme l'aurait fait une douce brise d'été. Il avait toujours eu cet effet apaisant sur elle, et c'était bien la seule chose qu'elle regretterait une fois… partie. Elle n'avait pas eu le choix de s'en aller, de *le* quitter. Mais elle savait bien qu'un jour, elle devrait *les* affronter. Sinon, *ils* la retrouveraient. Et *ils* la tueraient.

Repue, la chose invisible s'éloigna, s'élevant dans les airs au même rythme que les expirations de sa proie, qui la soufflait hors de son corps. La chose se laissa faire jusqu'à atteindre le cadre de la fenêtre. Là, elle s'infiltra entre les éclats de bois et se jeta dans la nuit où elle s'évanouit, ne laissant derrière elle qu'une vague odeur de décomposition.

Tara réussit finalement à ouvrir les yeux. Du noir. C'est tout ce qu'elle vit. Son sang battait à ses tempes, marquant les secondes qui s'égrenaient alors qu'elle tentait de percer l'obscurité du regard. La texture du plafond commença à se dessiner, flaques de plâtre recouvertes de peinture. La Tueuse s'assit en ramenant ses genoux contre sa poitrine, ses pieds s'emmêlant dans les couvertures. Elle passa les bras autour de ses jambes et s'aperçut que son corps entier était couvert de sueur, alors que l'air était glacial. «Je crois que je suis amoureux de toi.» Tara tourna la tête vers l'autre lit, où Polux dormait profondément. Sa peau blanche semblait irradier, maintenant que les yeux de la jeune fille s'étaient habitués à la noirceur. Elle observa le Rôdeur encore un moment, sentant toujours la pression de ses lèvres sur les siennes, la caresse de sa main dans ses cheveux, la chaleur de son corps tout près du sien. Et ce pincement au cœur qu'avaient provoqué ses paroles. «Je crois que je suis amoureux de toi.» Tara se mordit la lèvre et détourna le regard alors que les larmes menaçaient de couler. Elle avait déjà entendu ces mots, avait déjà éprouvé toute ces sensations. Et pour la seconde fois de sa vie, elle était incapable d'y répondre.

VISITE SURPRISE

L'horizon commençait à peine à s'éclaircir lorsque la grande muraille apparut devant eux. La neige avait cessé de tomber et les guerriers pouvaient déjà sentir les ondes magiques qui émanaient du village des Oubliés. Un enchantement aussi puissant, ça se sentait à des kilomètres à la ronde quand on avait un minimum de compétence en la matière.

— Oubliez pas ce que je vous ai dit, lança Castor en se retournant vers ses hommes.

Ceux-ci reportèrent leur attention sur le général, se concentrant durant une seconde sur autre chose que leur imprévisible destrier, qui pouvait bien décider de se cabrer et de partir au galop n'importe quand. Toutefois, entre une crise de panique d'un cheval du Nord et une crise de rage de leur supérieur…

— Pas de mort. Pas un seul, reprit Castor. Sinon, je compense avec votre carcasse, c'est clair ?

Les 10 guerriers acquiescèrent. Castor leur avait répété ses ordres — parfaitement compris dès la première fois, vu leur simplicité — à une dizaine de reprises lors de la veille, lorsqu'il était venu les recruter pour une « mission à caractère familial ». Bien que personne ne se soit précipité pour répondre à l'appel, seuls des imbéciles auraient refusé une offre pareille venant du chef de l'armée et héritier du trône. Après tout, se retrouver dans les bonnes grâces de Castor n'apportait qu'un ou deux rangs de plus dans la hiérarchie des combattants et un peu plus de tolérance pour les erreurs survenues sur le champ de bataille… Même les nouveaux ne lui avaient pas demandé ce qui était de si haute importance dans sa vie personnelle pour qu'il parte en balade avec une dizaine de soldats aguerris. Castor avait cet effet sur les gens. En sa présence, on comprenait rapidement qui était le patron.

— Des questions ?

Le silence fournit au général la plus concrète des réponses.

— Bien…, fit-il en serrant légèrement les jambes contre les flancs de son cheval. Allons rendre visite à mon p'tit frère…

Polux ouvrit les yeux. Quelque chose n'allait pas. Les minces rayons de lumière qui entrait par la fenêtre indiquaient qu'il était encore tôt, le soleil ne devait même pas être entièrement levé. Et pourtant, tout ce bruit que provoquaient les habitants dans la rue… Le Rôdeur sauta hors du lit, tous les sens aux aguets. Les voix qui lui parvenaient ne paraissaient pas vraiment effrayées, plutôt intriguées, peut-être un peu inquiètes. Il jeta un œil à l'autre lit, constatant que Tara dormait toujours, et cela apaisa légèrement les battements affolés de son cœur. Il préférait que la Tueuse reste à l'abri dans la maison pendant que lui allait vérifier la cause de ce tintamarre matinal. Il tourna les talons et fila vers la porte d'entrée, où il trouva Anouka éveillée, droite sur ses pattes et n'attendant qu'un ordre de son frère. Polux n'eut besoin que d'un faible sifflement et, lorsqu'il ouvrit la porte, la louve détala, la queue dressée. Le Rôdeur la suivit, plongeant dans la lumière déjà éblouissante du jour.

Des gens couraient tout autour de lui. L'air bourdonnait des voix des habitants nerveux, de celles des guerriers qui tentaient de les rassurer et de ceux qui se hurlaient des ordres pour être prêts à se battre. Polux remarqua qu'un groupe de combattants s'était rassemblé au pied d'une des tours de guet. Il fit un pas dans cette direction, mais une main se posa sur son épaule et le tira en arrière.

— Tu devrais pas rester ici, lui dit une voix qu'il reconnut immédiatement.

Il se retourna vers son amie, qui le fixait de son regard sévère — identique à celui de sa mère.

— Et pourquoi ça ? répliqua-t-il.

Kennza resta silencieuse un moment, avant de faire un signe de tête vers les grandes portes de bois, celles qui permettaient de passer la barrière.

— Ce sont des Fugitifs, annonça-t-elle. Conduits par ton frère.

Polux serra les dents. « Ça doit être autre chose, pensa-t-il. Il faut que ce soit autre chose. » Impossible que Castor sache qu'il était toujours en vie. Il n'avait aucun moyen de savoir… pas vrai?

— Ils sont nombreux? demanda-t-il tout de même.

— C'est justement le problème, répondit la fille du Nord. Il y a 10 guerriers, plus Castor.

— Donc aucun danger, conclut le Rôdeur en hochant la tête. Mais…

— Mais refuser l'entrée au général, ce serait comme déclarer la guerre aux Fugitifs.

Les grondements d'Anouka s'élevèrent à ce moment, ramenant l'attention de son frère de meute au plus important : les portes du village s'ouvraient, livrant

passage à 11 chevaux du Nord, sur-
montés de leur cavalier. Les hommes se
tenaient droit, presqu'aussi fiers que leur
destrier — même une fois dressés, ces
animaux ne se soumettaient jamais ; ils
acceptaient les ordres et rien de plus. En
tête se trouvait Castor, installé sur un
cheval à son image : la tête haute, le
regard à l'affût, dégageant une aura de
puissance qui imposait le respect. Il y
avait quelque chose d'autre, aussi, dans
cette façon qu'avait l'étalon d'agiter les
oreilles et de frapper le sol à répétition
avec son sabot. Comme s'il...

— Salut tout le monde, vous allez
bien ? s'exclama Castor avec un large sourire. Belle journée, n'est-ce pas ?

...se pavanait. C'était exactement ça.
Polux serra les poings, une boule se
logeant dans sa gorge. Il lui ferait bien
ravaler son sourire aux dents blanches, à
cet enfoiré !... Une main se referma alors
sur son bras, l'empêchant de faire plus
d'un pas. Ce mouvement, le seul dans la
foule des Oubliés, attira l'attention du
général.

— Oui, belle journée…, répéta-t-il alors que son sourire s'évanouissait.

Mais il revint presqu'aussitôt :

— Quoique peut-être un peu chaude.

Sur ce, il défit les boutons de sa veste d'une main et sauta en bas de son cheval. Ses bottes frappèrent le sol avec un bruit sourd et les pans de son veston s'écartèrent, révélant un corps mince et musclé. La poigne de Kennza sur le bras de Polux se relâcha légèrement à cet instant. « Ridicule », se dit le Rôdeur. Puis son frère commença à s'excuser pour débarquer aussi tôt dans le village — comme s'il s'en souciait vraiment. Il gesticulait dans tous les sens, sa veste virevoltant au même rythme, quand quelque chose attira l'attention de Polux. De la hanche gauche jusqu'aux côtes de Castor s'étendait une énorme cicatrice, si grosse qu'il était presque impossible de la rater. La peau était rose et semblait plus épaisse par endroits, comme si la blessure n'avait pas guéri de façon égale. Cette vision mit le Rôdeur mal à l'aise sans qu'il sache exactement pourquoi. Bien sûr, c'était loin d'être joli à voir, mais cette marque sur le corps de son frère le dérangeait, bien plus qu'il n'était et ne serait jamais prêt à l'avouer.

— ... Et maintenant, si vous le permettez, fit la voix forte de Castor, j'aimerais m'entretenir avec mon p'tit frère.

Il fit un pas dans la direction de Polux. Il n'en fallut pas plus pour Anouka. La louve se jeta entre eux, se plaquant au sol à égale distance de chacun. Il y eut un éclat lumineux du côté des hommes de Castor.

— Anouka ! s'écria Polux.

Ou du moins, il essaya. Sa voix fut couverte par celle de son frère :

— Non !!!

Le guerrier qui tenait le couteau se figea, les yeux ronds de surprise.

— Pas de mort ! hurla Castor, sa voix tremblante de colère. Et surtout pas le loup !

Polux fut sûrement le plus abasourdi de tous les gens présents. Son frère venait-il réellement de protéger Anouka ? Non, sûrement pas. Il devait avoir ses raisons, des raisons égoïstes, pour agir ainsi. C'est du moins ce que voulait croire Polux. Et pourtant, la façon dont il avait prononcé le mot *loup* laissait penser que cela avait une signification particulière pour lui, et pas seulement qu'il refusait de tuer l'animal emblème des Royaumes du Nord, le pire acte de barbarie qui pouvait être commis. La réponse frappa le Rôdeur comme une gifle. « Il a un frère de meute. »

— Bien…, marmonna Castor en rivant les yeux sur Anouka.

Sa voix était redevenue calme et posée, si rapidement que c'en était troublant.

— Tu es une brave fille, Anouka, dit-il doucement en faisant un pas dans sa direction.

La louve se hérissa, ses grondements s'intensifiant à mesure que Castor s'approchait. Tous les habitants présents semblaient retenir leur souffle, même les guerriers Fugitifs étaient aussi immobiles que des statues. Polux hésitait à intervenir, presque curieux de savoir ce que son frère avait derrière la tête. Ce dernier s'adressa de nouveau à Anouka :

— Je savais que tu t'en sortirais, que tu n'abandonnerais pas — même au prix de quelques dents. On est tous comme ça dans la famille.

Il se tenait maintenant juste devant la louve, si bien que celle-ci envoyait la tête vers l'arrière pour le regarder en face. Polux sentit sa mâchoire lui tomber lorsque Castor fit un signe de tête de côté, ordonnant à Anouka de s'écarter de son chemin. Ce simple geste était parfaitement inutile du point de vue du Rôdeur, car sa sœur de meute n'obéissait à personne d'autre que lui. Mais à sa grande surprise — et à son grand désespoir —, les grognements de la louve s'assourdirent, jusqu'à se transformer en simples bruits de gorge. Polux voulut s'avancer, mais Kennza le retint de nouveau.

— ...

— Laisse-moi, siffla-t-il.

Il se libéra de la poigne de son amie et marcha jusqu'à son frère, qui l'attendait les bras croisés. À son approche, Anouka se redressa, dépliant ses muscles pour venir se camper à ses côtés.

— Trouvé, p'tit frère…

Un étrange sourire éclaira le visage de Castor. Il avait une expression amusée, mais pas cette joie cruelle que Polux se souvenait avoir vu sur ses traits.

— T'as l'air en pleine forme, lança le Fugitif d'un ton détaché.

Des yeux, il balaya le Rôdeur de la tête aux pieds.

— Ouais, et c'est certainement pas grâce à toi…, marmonna ce dernier.

Castor se retrouva soudain tout près de lui, si près que leur torse se touchaient presque et que Polux dut lever la tête pour fixer son frère dans les yeux. À leurs pieds, Anouka gronda un peu plus fort.

— Tu sais, fit Castor d'une voix sourde, pendant un moment, j'ai vraiment cru que t'étais mort.

Au début, le Rôdeur prit le tremblement dans la voix de son frère pour de la frustration, mais lorsqu'il y décela autre chose — du désarroi ? —, il fut si choqué qu'une ou deux secondes s'écoulèrent avant qu'il ne réplique :

— Fallait t'y attendre ; tu m'as fait balancer dans la Cité des Morts du haut d'un engin volant !...

— Mais ça pouvait pas te tuer !...

Polux sursauta presque, tellement cette déclaration était absurde. « Il est complètement fou », se dit-il en dévisageant Castor. Ce dernier se massait maintenant les tempes, comme s'il tentait d'expliquer quelque chose à son petit frère et qu'il le trouvait particulièrement borné. C'était si effrayant que le Rôdeur décida qu'il le préférait quand il essayait de le tuer.

— Bref, reprit Castor, ça va être un peu douloureux.

Et il abattit sa main sur le cou de Polux. Un bourdonnement emplit les oreilles du garçon, couvrant le bruit de la foule qui semblait revenir à la vie en poussant des cris, des guerriers Fugitifs qui hurlaient et ordonnaient que personne n'intervienne, et des jappements d'Anouka qui s'était mise à courir en cercle autour des deux frères. Tout cela semblait si lointain… La silhouette floue de Castor apparut au-dessus du Rôdeur, alors qu'il s'écroulait au milieu du sentier.

— Quand tu te réveilleras, fit l'ombre mouvante, ce sera ton tour de chercher.

Les mots s'emmêlèrent dans l'esprit de Polux, formant des phrases encore plus incompréhensibles que l'originale. Finalement, la silhouette au-dessus de lui disparut, la lumière du soleil lui brûla les yeux et le noir l'engloutit.

LE FESTIVAL DU DIXIÈME

C'était comme si un troupeau de chevaux du Nord lui avait piétiné le crâne. « ...sept, huit, neuf... » À qui appartenait cette voix ? « ...dix-neuf, vingt, vingt-et-un... » Polux devrait lui dire de parler moins fort, parce que la façon dont les mots résonnaient et s'embrouillaient dans son esprit... « Attention, j'arrive ! » Mais qu'est-ce que ça voulait dire ? Il ne pouvait pas dormir en paix, tout simplement ? « Trouvé ! » Ah, ces gamins, ce qu'ils pouvaient être bruyants...

— Eh, le Rôdeur ?

Mais ça, c'était encore pire. Polux grogna en se retournant. Son visage s'enfonça dans quelque chose de moelleux. Il empoigna l'objet et se le plaqua sur la tête, étouffant ainsi légèrement les voix qui lui parvenaient toujours.

— Polux… Toi, le touche pas!…

— Mais fermez-la! s'exclama le Rôdeur en se redressant.

Ce qui n'était peut-être pas sa meilleure idée à vie, puisque tout ce qui se trouvait dans son champ de vision se mit à danser, murs et plafond compris. Le garçon se laissa retomber sur le lit, une autre idée fort brillante; sa tête s'écrasa sur le matelas, qui lui parut aussi dur que de la roche. Un nouveau grognement s'échappa d'entre ses lèvres. Quelques secondes s'écoulèrent encore avant qu'il ne daigne ouvrir les paupières, et même la faible lumière entrant par la fenêtre lui fit monter les larmes aux yeux.

— Ça va? lui demanda la silhouette de droite.

Polux se concentra sur la forme floue, essayant de comprendre de qui il s'agis- sait. La voix lui rappelait quelque chose, mais il y avait encore trop d'écho dans son crâne pour qu'il puisse l'identifier clairement. Finalement, il reconnut les cheveux noirs en bataille et l'ovale du visage de son amie.

— Je suis en vie, marmonna-t-il. Remarque, j'ignore si c'est vraiment une bonne chose…

La silhouette de gauche s'agita.

— Dis pas de conneries, siffla-t-elle.

Le Rôdeur soupira. Sa vision commença à se préciser, révélant une Tara apparemment très en colère — inquiète, mais surtout en colère. L'adolescent se releva, lentement cette fois, et s'appuya contre le mur derrière lui. Il inspira profondément, espérant chasser le malaise qui s'insinuait en lui, logeant une énorme boule dans sa gorge.

— Qu'est-ce qui s'est passé? interrogea-t-il en portant une main à sa tête douloureuse.

— Tu m'as enfermée dans la maison et tu es allé affronter ton imbécile de frère, voilà ce qui s'est passé! s'écria Tara.

Polux grogna de nouveau, le cri de la Tueuse lui vrillant les tympans. Au bruit aigu qui lui emplit les oreilles s'ajouta la voix de Kennza:

— Arrête de hurler, idiote. Tu…

— Me donne pas d'ordres, sale…

— Bon sang, les filles! trancha Polux.

Hausser le ton de la sorte lui fut plus difficile que prévu et lorsque le silence revint, un soupir de soulagement lui échappa.

— J'ai un horrible mal de tête, reprit-il. Alors, vous voulez bien vous calmer?

Sa voix était rauque et granuleuse et sa langue paraissait avoir doublé de volume. Kennza lui fit un signe de tête et, comme si elle avait compris ce qu'il voulait, elle se dirigea vers la salle de bain. Lorsqu'il entendit de l'eau couler, le Rôdeur reporta son attention sur Tara, qui le fusillait toujours du regard.

— Je t'ai pas enfermée, lui dit-il d'une voix qu'il espérait calme et convaincante.

— Alors explique-moi pourquoi la porte était bloquée, répliqua la Tueuse en croisant les bras sur sa poitrine.

Polux fronça les sourcils en secouant la tête, ne comprenant pas un mot de ce que la jeune fille lui disait.

— Quand j'ai réussi à sortir, expliqua cette dernière, tu étais déjà inconscient et Castor et ses gardes s'en allaient tranquillement, comme si de rien n'était. Qu'est-ce que t'as fichu ?

Le garçon ouvrit la bouche, mais ne sut quoi répondre. Il se souvenait avoir voulu que Tara reste dans la maison et, en fermant la porte derrière lui, il avait regretté de ne pouvoir la verrouiller de l'extérieur, mais au bout du compte il ne l'avait pas bloquée.

— Tiens, fit Kennza en lui tendant un verre d'eau.

Polux prit le gobelet et avala son contenu d'un trait. Le liquide froid apaisa le feu dans sa gorge et sa langue lui parut un peu moins énorme. Il regarda la fille du Nord — à la façon dont elles se jaugeaient, elle et Tara semblaient toujours vouloir s'entretuer — et demanda :

— D'autres blessés ?

Kennza secoua la tête.

— Non, c'était vraiment bizarre. Après que tu te sois évanoui, Castor est remonté sur son cheval, a salué tous ceux qui étaient présents et est reparti, sa petite troupe derrière lui.

Le Rôdeur hocha lentement la tête. C'était effectivement très étrange. Pour quelle raison Castor serait-il venu jusqu'ici avec la seule intention de s'assurer que son petit frère était toujours en vie, pour ensuite débiter des paroles toutes plus incompréhensibles les unes que les autres ? Après avoir tenté de tuer Polux pas moins de trois fois — et il avait failli réussir lors de sa dernière tentative —, voilà qu'il lui rendait une petite visite matinale simplement pour discuter ? Ça n'avait aucun sens !

— C'est de famille, la folie ?... se questionna-t-il à voix haute.

— Quoi ? firent Tara et Kennza d'une même voix.

— Laissez tomber.

Il regarda les deux filles à tour de rôle, puis décida qu'il était trop risqué que Kennza reste dans la même pièce que Tara, surtout si celle-ci était déjà en colère. Il demanda donc à son amie de s'en aller, ce qu'elle fit en jetant un dernier regard rempli d'éclairs à la Tueuse. Avant qu'elle ne referme la porte, une forme blanche s'introduisit dans la chambre à toute vitesse, arrachant un grognement irrité à la fille du Nord. Anouka se précipita vers le lit en agitant la queue et lorsqu'elle bondit pour venir s'installer contre son frère de meute, celui-ci lui attrapa le museau avant qu'elle n'ait pu sortir la langue.

— Oh non, fit Polux en plantant son regard dans celui de la louve. Interdiction de lécher. T'as pas été gentille. T'as obéi à ce crétin de Castor.

Un gémissement s'éleva de la gorge de l'animal alors qu'elle plaquait ses oreilles contre sa tête.

— Pleurniche tant que tu veux, j'en ai rien à faire. Allez, ouste.

Il relâcha la gueule d'Anouka et celle-ci sauta en bas du lit, trottina tristement jusque dans un coin de la pièce, la queue entre les pattes, et se roula en boule. Polux tourna la tête vers Tara, qui s'était assise au bout du lit. Elle avait un air pincé et ses yeux ne cessaient d'alterner entre la louve, qui poussait un gémissement de temps en temps, et le Rôdeur, qui avait croisé les bras.

— Ne la prends pas en pitié, ordonna ce dernier à la Tueuse. Elle le mérite. C'est moi l'alpha et je suis le seul à qui elle doit obéir. Il fallait juste que je le lui rappelle.

Tara garda finalement les yeux rivés sur lui, bien qu'elle continuât à se mordiller la lèvre inférieure.

— …

— Et je ne t'ai pas enfermée dans la maison, assura-t-il immédiatement en séparant bien chaque mot.

Tara referma la bouche. Le silence dans la chambre s'étira, seulement rompu par les petits couinements d'Anouka. Polux finit par annoncer :

— Écoute, je suis désolé de t'avoir inquiétée. Je pourrais peut-être me faire pardonner en t'emmenant à la fête de ce soir ?

La veille, Kennza lui avait expliqué que la tribu des Oubliés avait été fondée

10 ans plus tôt, aujourd'hui jour pour jour. Dans la dernière semaine, différentes activités avaient eu lieu, comme la foire aux artisans. C'était le Festival du dixième anniversaire de la fondation de la tribu des Oubliés — le Festival du Dixième. La fille du Nord avait dit qu'il y aurait des numéros de toutes sortes, de danse, de chant, de sorcellerie… Quand tout serait fini, les musiciens allaient prendre la relève et divertir le public pour le reste de la soirée.

— Et…, osa le Rôdeur en rentrant la tête dans les épaules. On pourrait danser?…

Un sourire vint éclairer le visage de la Tueuse, qui s'exclama :

— D'accord !

Elle sauta sur ses pieds et courut jusqu'à la porte.

— À plus tard, j'ai un truc à faire ! lança-t-elle par-dessus son épaule en refermant la porte derrière elle.

Polux soupira en s'affalant contre le mur, étonné mais soulagé que Tara ait changé d'humeur aussi rapidement. Maintenant, il avait un problème beaucoup plus complexe sur les bras : il ne savait pas danser.

Après plusieurs heures de sommeil supplémentaires, Polux se réveilla avec la certitude que tout était revenu à sa place : sa migraine avait disparu, son ouïe semblait avoir repris sa sensibilité normale et Anouka dormait pelotonnée à ses pieds. La chambre était parfaitement silencieuse, de minces rayons du soleil de fin de journée s'infiltrant par la fenêtre. Le Rôdeur se redressa sur ses coudes en clignant des paupières, se rendant compte que les festivités pour le dixième anniversaire des Oubliés allaient commencer dans moins d'une heure. Comme il avait promis à Tara de l'y accompagner, il décida qu'il valait mieux quitter le confort des couvertures pour celui d'un bon bain chaud — autant que sa peau soit douce et sente le savon s'il devait décevoir la Tueuse en lui apprenant qu'il était incapable de danser ! C'est ainsi qu'il se retrouva, 10 minutes plus tard et de l'eau brûlante jusqu'au menton, à tourner et retourner le savon entre ses doigts, trop perdu dans ses pensées pour voir qu'Anouka, qui était venue le rejoindre un instant plus tôt, s'était mise à boire l'eau de la baignoire. Des bribes de ce qui avait eu lieu le matin lui revenaient en mémoire, soulevant des questions auxquelles il n'avait aucune réponse. L'évènement en entier n'était qu'une énorme interrogation, selon lui. Qu'est-ce qui avait bien pu pousser Castor à faire tout ce chemin dans des conditions pareilles ? Car pour couvrir la distance séparant la tribu des Fugitifs et celle des Oubliés, il n'avait sûrement pas dormi de la nuit. Et ça, c'était le moins bizarre. « Mais ça pouvait pas te tuer !... »

— Qu'est-ce qu'il voulait dire ? se demanda Polux à voix haute.

Il soupira en s'enfonçant un peu plus dans son bain, jusqu'à ce que l'eau atteigne ses lèvres. La voix de son frère résonnait dans sa tête, répétant ses paroles dépourvues de sens en une

boucle infinie. Le Rôdeur fronça les sourcils. Des paroles dépourvues de sens,
vraiment? Car il était bel et bien vivant
en ce moment même. Il aurait dû mourir
après une chute pareille et encore plus après
sa baignade dans les eaux glacées de la
Cité des Morts, mais il était en vie. Et
Castor le savait, il avait toujours su qu'il
survivrait. Mais comment? «Ce sera ton
tour de chercher.» En se remémorant ces
mots, Polux sentit qu'autre chose refaisait
surface dans son esprit. Ce n'était pas
précis et il ignorait de quoi il s'agissait
exactement. Un rêve ou un souvenir,
peut-être? Ou alors, il avait inventé tout
ça… «…six, sept, neuf, dix…» C'était une
voix d'enfant, ça il en était certain.
Connaissait-il ce petit garçon? «T'as
oublié le huit!» Et celui-là? Il devait être
légèrement plus âgé que l'autre, vu sa
meilleure prononciation des mots.
«Trouvé!» s'écriait la plus petite voix
sous le crâne du Rôdeur. Et l'autre qui
ronchonnait: «Papa, il triche!» Un jappement retentit soudain. Polux sursauta et
de l'eau entra dans ses narines, lui

provoquant une quinte de toux. Les yeux inondés de larmes, il se redressa dans son bain, comprenant qu'il avait failli s'assoupir. Il jeta un regard à Anouka, qui avait toujours la tête posée sur le bord de la baignoire. Au-dessus d'elle, la fenêtre donnait sur un ciel flamboyant. La louve aboya de nouveau, signalant à sa manière au Rôdeur qu'il allait être en retard.

— Merci ma belle, dit ce dernier en posant un baiser sur la truffe de sa sœur de meute.

Alors qu'Anouka se levait et quittait la salle de bain, Polux attrapa le savon — qu'il avait laissé tomber dans l'eau et qui avait considérablement rapetissé — et se couvrit de mousse du bout de son nez retroussé jusqu'à ses petits orteils. Lorsque, quelques minutes plus tard, il passa la porte d'entrée en coup de vent, il avait vidé la baignoire, s'était rhabillé, avait replacé les couvertures sur son lit, avait embrassé Anouka — hors de question qu'elle l'accompagne dans une foule si dense qu'il ne pourrait pas la surveiller — et avait même pris leurs armes, à Tara et lui, pour les déposer chez le réparateur. Lui-même ne s'était jamais trouvé aussi efficace.

Cela faisait près de 10 minutes qu'il attendait à côté du vendeur de brochettes — Tara déduirait facilement qu'il y avait de fortes chances pour qu'il se trouve à cet endroit — lorsqu'une silhouette se précipita sur lui, manquant de le jeter à terre.

— Il était temps que t'arrives! Les numéros des quatre races vont bientôt commencer!

— Salut Kennza, fit Polux en jetant un regard triste vers son cube de viande qui s'était écrasé à ses pieds.

La fille du Nord suivit son regard, puis leva les yeux au ciel en soupirant :

— Je t'en achèterai d'autres plus tard. Amène-toi!

Ses doigts se resserrèrent autour du poignet du Rôdeur et avant que celui-ci n'ait pu protester, Kennza l'entraîna vers la masse mouvante des villageois, qui se serraient les uns contre les autres en tentant de se tailler une place pour assister au spectacle. Juste avant que son amie et lui ne disparaissent entre les corps, une voix s'éleva dans le dos des adolescents :

— Polux !...

Ce dernier se retourna si brusquement qu'il s'arracha à la poigne de Kennza, qui laissa échapper un petit cri — de surprise ? de frustration ?

— Ta... Tara ?

Le Rôdeur la reconnaissait à peine. Vêtue d'une longue robe noire qui épousait parfaitement ses courbes, la Tueuse s'avança de quelques pas, une ouverture dans le tissu laissant apparaître sa jambe gauche. En suivant le mouvement de cette dernière, Polux découvrit un minuscule chausson de cuir, qui couvrait à peine les orteils et le talon de l'adolescente.

— C'est donc ça que tu manigançais pendant tout ce temps ? demanda Polux en allant à la rencontre de Tara.

La jeune fille haussa les épaules en détournant le regard, du rouge venant colorer ses joues. Il sembla que quelque chose manquait à ce geste si familier pour le Rôdeur, et il s'aperçut qu'aucune mèche de cheveux n'était venue cacher le visage de l'adolescente. En y portant attention, il vit que c'était parce qu'ils avaient été tirés en arrière, retenus par une pièce de cuir et une petite baguette de bois.

— Je voulais simplement être jolie, expliqua Tara en relevant timidement les yeux.

Polux prit doucement ses mains dans les siennes et se pencha vers elle.

— Et c'est parfaitement réussi.

Ses lèvres frôlaient à peine celles de la Tueuse lorsqu'un toussotement attira leur attention.

— Vous êtes vraiment mignons et tout, lança Kennza en mettant les mains sur ses hanches, mais ça commence…

Elle fit un signe de la tête vers l'arrière, désignant la foule qui s'était tue, plongeant la nuit dans un silence presque complet. Puis un son haut perché se fit entendre. Ce devait être une flûte ou un instrument du même genre. La fille du Nord répéta son mouvement de tête et

Polux sentit les doigts de Tara se crisper autour des siens. Espérant la calmer, il lui caressa le dessus de la main avec son pouce en l'entraînant dans la masse de gens silencieux.

— J'ai hâte de danser, lui murmura alors l'adolescente au creux de l'oreille.

Le Rôdeur ne put s'empêcher de serrer les mâchoires en répondant :

— Moi aussi.

Même à une distance parfaitement sécuritaire — enfin, c'est ce que lui avait assuré Tara –, les flammes atteignaient une hauteur vertigineuse, éclairant une dizaine de mètres à la ronde. Frissonnant malgré la chaleur dégagée par le feu, Polux jetait des regards inquiets aux alentours, analysant les visages des villageois les plus près. Était-il le seul à craindre un incendie ? Le bois dans les flammes craquait, des braises pourraient voleter et mettre le feu à l'herbe autour… Mais apparemment, il était le seul à s'en soucier. « Tous des inconscients… », pensa-t-il en jetant un regard assassin en direction du brasier — comme s'il allait s'offusquer. Mais les flammes faiblirent alors, plongeant l'assistance dans le noir presque complet, seule la lune dans le ciel procurant un peu de lumière. Polux fit un pas en arrière, incertain. Il s'attendait presque à ce qu'un jet de feu le frappe quand une main attrapa la sienne.

— C'est Sett, lui dit Tara en pointant le doigt en direction du feu.

Le Rôdeur tourna la tête, découvrant avec horreur que cinq personnes étaient apparues au milieu des braises. Deux garçons et trois filles, tous des enfants du Sud, se tenaient immobiles dans des postures plus qu'étranges : une des filles était en équilibre sur les mains, ses cheveux traînant sur le sol ; une autre semblait dormir, allongée parmi les cendres, bien que son corps fut tordu et plié de façon impossible ; l'un des garçons était debout sur les épaules de l'autre, les bras grands ouverts ; et pour finir, Sett. Polux l'aurait trouvée au premier coup d'œil même dans un groupe de 100 personnes. Un seul pied à terre, l'autre pointé vers le ciel, le dos si cambré qu'il semblait prêt à se rompre, la jeune fille avait son visage de marbre tourné vers Polux. Et ses yeux étincelants plongés dans les siens. La surprise et la joie qu'y lit le Rôdeur lui provoqua un léger pincement au cœur. Même s'il savait que l'adolescente se trouvait chez les Oubliés, il n'avait pas vraiment pris le temps d'imaginer leurs retrouvailles. Il hésita donc avant de sourire à Sett, mais lorsqu'il le fit, il s'aperçut qu'il était sincèrement heureux de revoir son amie. Les lèvres de cette dernière s'étirèrent imperceptiblement et les flammes l'engloutirent.

À la fin du numéro, le cœur de Polux battait si fort contre ses côtes que ça lui faisait mal. Chaque fois qu'un des danseurs avait disparu dans les flammes, le Rôdeur avait craint qu'il ne reparaisse jamais. Bien sûr, il savait qu'il s'agissait d'un feu magique — Tara le lui avait expliqué lorsque Sett s'était fait avaler par les flammes et qu'il s'était mis à trembler —, mais il n'avait pas réussi à se convaincre que c'était sans danger. Après tout, quelle personne saine d'esprit irait se jeter dans un feu haut de quatre mètres, aussi magique soit-il ?

— C'était pas génial ? s'exclama Kennza alors qu'ils se dirigeaient vers le buffet.

— Magnifique, commenta Tara d'une voix agacée.

Polux songea qu'elle n'aimait sûrement pas donner raison à Kennza. Pour sa part, le garçon décida que noyer son trouble dans les montagnes de nourriture disposées sur les tables était une bonne idée. Il s'attaqua immédiatement à une cuisse de volaille recouverte d'une sauce si épicée qu'elle lui brûla la gorge. Il en arracha tout de même un nouveau morceau, s'interrogeant sur la façon dont réagirait Tara en apprenant que Sett et lui se connaissaient. Elle avait quand même eu une forte réaction pour ce qu'il en était de Kennza. Peut-être serait-ce différent avec quelqu'un qu'elle appréciait déjà ? Il lécha ses doigts couverts de sauce en se retournant vers la Tueuse et la fille du Nord, qui s'étaient lancées dans une nouvelle joute du regard le plus noir. Il n'arrivait pas à choisir laquelle était la plus drôle, entre Tara qui fronçait tellement les sourcils que ses yeux semblaient minuscules, et Kennza qui, au contraire, levait un sourcil si haut qu'il disparaissait presque dans ses cheveux, lorsqu'une voix appela :

— Tara!…

Mettant fin à la première ronde de l'affrontement — selon Polux, les deux jeunes filles avaient le même regard extrêmement assassin, elles étaient donc à égalité —, la Tueuse tourna la tête dans la direction de la personne qui l'avait interpelée. Le Rôdeur fit de même et en découvrant de qui il s'agissait, il sentit le sang quitter son visage.

— Merci d'être venue assister au spectacle, fit Sett en souriant. J'espère que ça t'a plu.

— Absolument, répondit Tara. Tu étais sublime.

La Tueuse reporta son attention sur Polux, et lorsqu'elle ouvrit la bouche, le garçon retint son souffle, attendant la catastrophe.

— Sett, je voulais te présenter…

— Polux, compléta la fille du Sud.

Le regard de Tara passa de l'un à l'autre plusieurs fois, l'incompréhension se lisant sur son visage. Au bout de quelques secondes, elle riva ses yeux à ceux du Rôdeur, ses sourcils légèrement froncés.

— Encore une de tes anciennes copines, j'imagine ?

Polux crut détecter un peu d'amusement dans la voix de la Tueuse et il se permit de respirer de nouveau. Il commença alors à se mordiller la lèvre inférieure, se questionnant sur la meilleure façon de répondre à Tara quand un éclat de rire cristallin attira son attention.

— Vous êtes trop mignons, lança Sett en posant les doigts sur ses lèvres.

Le Rôdeur la dévisagea. Avait-il imaginé ce rire ? Un petit sourire subsistait toujours, caché derrière la main de l'adolescente, il devait donc avoir bien entendu.

Pourtant, la fille du Sud dont il se souvenait n'aurait jamais montré tant de gaieté, elle n'en aurait probablement même pas éprouvée. La Sett qu'il avait rencontrée moins d'un an plus tôt était triste et froide. Bien que quasi identique de l'extérieur, Polux sentit soudain à quel point elle avait changé à l'intérieur. Les lèvres du garçon s'étirèrent alors qu'une douce chaleur envahissait son corps. Il était heureux de voir Sett ainsi.

— C'est un peu plus compliqué que ça, expliqua finalement la fille du Sud.

Elle entortilla une mèche de ses longs cheveux rouges autour de ses doigts en rivant ses yeux à ceux du Rôdeur. Une lueur sombre était apparue dans son regard et Polux comprit que ce qu'elle était dans le passé ne l'avait pas entièrement quittée.

— Disons seulement que Polux a été présent pour moi dans un moment très difficile de ma vie.

— Je vois…, marmonna Tara en recommençant à les fixer à tour de rôle.

— Tu as de la chance de l'avoir à tes côtés, reprit Sett en tournant la tête vers la Tueuse. Rappelle-toi de ça.

Polux se sentit rougir quand les deux adolescentes reportèrent leur attention sur lui, le regard si perçant qu'il crut qu'en cet instant elles pouvaient lire dans son esprit.

— Bon, c'est bien joli tout ça, s'exclama alors Kennza qui n'avait pas dit un mot depuis l'arrivée de Sett, mais moi, j'ai envie de danser. Le Rôdeur, tu viens avec moi !

Elle referma les doigts autour du poignet de Polux et l'entraîna dans la foule des habitants sous le regard étonné de Sett et celui, furieux, de Tara.

Elle ne l'emmenait pas danser, mais alors là, pas du tout. Ou bien c'est qu'elle aimait danser sans musique, sans personne autour d'elle et au beau milieu des bois. Oui, à bien y repenser, ce devait plutôt être ça.

— Tu veux me dire ce qu'on fiche ici ? demanda Polux en évitant de justesse une branche d'arbre qui tentait de l'éborgner.

— On se balade, soupira Kennza sans se retourner. C'est pas un crime!…

— Non, mais c'est pas vraiment ce qui m'inquiète…

Voilà 10 bonnes minutes qu'ils marchaient, s'enfonçant toujours un peu plus au cœur de la forêt. La musique et les bruits de la fête ne leur parvenaient plus depuis un moment déjà et les arbres devenaient si rapprochés les uns des autres qu'il était difficile d'avancer. Au-dessus de leur tête, les branches s'entremêlaient et, la lumière de la lune n'arrivant pas à percer, ils n'avaient rien pour éclairer leur chemin. Polux ne cessait de se prendre les pieds dans les racines qui sortaient de la terre, de se cogner les orteils contre des rochers et de s'accrocher les cheveux dans les branches des sapins, mais Kennza lui serrait toujours le poignet et ne semblait pas prête à ralentir le pas. D'ailleurs, l'attitude de la fille du Nord commençait sérieusement à agacer le Rôdeur. Déjà qu'elle lui coupait sans cesse la parole, elle s'était mise à lui donner des ordres et il avait presque besoin de son accord pour faire ce dont il avait envie. À tout ça s'ajoutait l'amusement qu'elle éprouvait à embêter Tara — elle ne ratait jamais une occasion de dire du mal de la Tueuse.

— Bon sang, Kennza, grogna le Rôdeur quand son pied frappa une autre pierre. Il faut encore qu'on marche longtemps ?

Les orteils de son pied gauche lui semblaient poisseux, et le liquide paraissait trop chaud pour qu'il s'agisse du givre qui recouvrait le sol. La fille du Nord le lâcha brusquement et se retourna vers lui.

— Quelle mauviette tu fais, dit-elle en croisant les bras sur sa poitrine.

Contrairement au ton rieur auquel Polux s'attendait, la voix de Kennza était froide et sifflante. Il distinguait à peine une ombre devant lui, mais le Rôdeur pouvait très bien imaginer le sourcil levé et le regard dédaigneux de l'adolescente.

— Je te demande pardon ?

— « Je te demande pardon », répéta Kennza en singeant la voix de Polux. C'est pas ça que tu dois dire ! C'est « ta gueule, sale... »

— Mais c'est quoi ton problème, à la fin ?

— Mon problème, c'est toi !

Polux ne répondit rien. Les secondes s'égrenèrent, le silence se faisant plus lourd à chacune d'entre elles. Kennza finit par produire un son à mi-chemin entre un soupir et un grognement.

— T'as tellement changé, Polux !... Où est passé le gars que j'ai connu au Royaume des Quatre ? C'est pas si loin et pourtant... Qu'est-ce qui s'est passé ?

— J'ai vieilli, Kennza, voilà ce qui s'est passé.

Cette réponse ne plaisait pas à la fille du Nord, le Rôdeur pouvait le sentir. Il serra les dents et plissa les paupières, essayant de distinguer autre chose qu'une ombre parmi les ombres.

— Moi aussi, j'ai vieilli, riposta Kennza sur un ton toujours aussi agressif, mais je suis restée la même. Toi... C'est cette fille qui t'a affaibli?

— Ne mêle pas Tara à ça!

— Deviens mon compagnon.

Ces trois mots laissèrent Polux sans voix. Était-elle devenue folle? Ses propos étaient d'un ridicule!... Si ridicule que le garçon se demanda s'il ne devrait pas éclater de rire plutôt que de laisser la colère le gagner comme il le faisait. Sa mâchoire commençait à lui faire mal tellement il la serrait et un poids était apparu dans son ventre, comme si un animal enragé auparavant endormi s'était mis à faire les cent pas dans son estomac. Si jamais il ouvrait la bouche, la bête risquait de remonter le long de sa gorge et de s'échapper.

— T'imagines tout ce qu'on pourrait faire ensemble? reprit Kennza.

« Je préfère pas, non », voulut répondre Polux, mais il se contenta de le penser. La fille du Nord fit alors un pas vers lui et le saisit par les épaules, ses ongles s'enfonçant dans sa peau.

— Avec moi à tes côtés, tu ferais un chef de tribu exceptionnel.

Ce que sous-entendait Kennza était si désobligeant que le Rôdeur ouvrit la bouche, prêt à libérer la bête qui griffait déjà l'intérieur de sa poitrine. Mais avant qu'un seul mot n'ait pu franchir ses lèvres, la fille du Nord l'avait empoigné par la nuque et avait plaqué sa bouche sur la sienne.

— Enlève tes sales pattes de là, espèce de garce! rugit une voix.

Une silhouette apparut soudain derrière Kennza, qui n'eut pas le temps de se retourner qu'une main se refermait sur son cou. La fille du Nord fut tirée en arrière, puis projetée contre un arbre. Polux l'entendit pousser un grognement lorsqu'elle tomba sur le sol.

— Tara? fit le Rôdeur en plissant les yeux vers la forme tout près de lui. Tara, je te jure que j'ai pas...

Il s'aperçut qu'il était inutile de s'expliquer. Tara ne se préoccupait pas de lui, mais de Kennza, qui se relevait lentement quelques pas plus loin. Et dans son état, essayer de lui parler ne donnerait aucun résultat.

— Qu'est-ce que tu me veux? cracha Kennza à l'intention de la Tueuse.

— Non, Kennza…

— Tais-toi, Polux.

Des brindilles craquèrent et le Rôdeur distingua un mouvement du côté de la fille du Nord.

— Tu veux me tuer, Tara? cria-t-elle. Alors fais-le!

Il y eut un moment de silence où rien ne bougea. Puis Kennza reprit:

— Tu crois que tu pourras toujours te débarrasser de tes problèmes comme ça, Tara? Tu crois que tu pourras toujours te comporter en lâche comme tu le fais? Si c'est vraiment ce que tu veux, alors comporte-toi comme le monstre que tu es et tue-moi!

La Tueuse esquissa un mouvement de recul et Polux se risqua à s'approcher d'elle. Doucement, il posa la main sur son épaule. Elle tremblait. Il crut d'abord que c'était un effet de la rage qui l'habitait, mais Tara laissa alors échapper un petit hoquet.

— Qu'est-ce que t'attends, sale monstre ?! hurlait maintenant Kennza. J'te dis de me tuer !

— Kennza…

— Allez, fais-le !

— Kennza !…

— FAIS-LE !!!

Polux referma les mains sur la veste de Kennza et, le visage à quelques centimètres seulement du visage de la fille du Nord, il lui dit d'une voix si froide qu'il s'effraya presque lui-même :

— Si tu t'en vas pas tout de suite, c'est moi qui le ferai.

Il n'avait pas eu conscience de s'être jeté sur Kennza. Toujours était-il qu'il se tenait si près d'elle qu'il arrivait à voir le blanc de ses yeux. La peur qu'il y lut ne lui fit nullement plaisir et ne l'attrista pas. Il n'en avait tout simplement rien à faire.

— Et je veux plus jamais te revoir.

Il lui fut difficile de la relâcher, ses doigts restant crispés sur le tissu du vêtement. Mais Kennza finit par s'éloigner, lentement, un pas à la fois, ne tournant jamais le dos au Rôdeur. Ce dernier fixa l'obscurité où la fille du Nord s'enfonçait, jusqu'à ne plus entendre les brindilles craquer sous ses pieds. Alors seulement la colère qu'il éprouvait retomba et les sanglots de Tara lui parvinrent. Il fit volte-face, découvrant la silhouette recroquevillée sur le sol. Il se laissa tomber aux côtés de la Tueuse et l'entoura de ses bras. Puis, avec toute la douceur dont il était capable, il l'attira contre lui et se mit à la bercer.

— Chuuut…, murmura-t-il dans les cheveux de la jeune fille. Chuuut…

Maintenant, il ne pouvait qu'attendre. Alors, c'est ce qu'il fit.

Longtemps, bien longtemps après le départ de Kennza, les larmes de Tara se tarirent et elle s'endormit, épuisée, dans les bras de Polux qui n'avait jamais cessé de la bercer.

La porte se referma dans un petit grincement et cela fut suffisant pour qu'Anouka dresse les oreilles. Elle leva la tête vers Polux, ses yeux d'ambre luisant dans l'obscurité, puis se leva pour le suivre quand il passa à côté d'elle. Le Rôdeur se dirigea vers le fond de la pièce à pas lents, autant parce qu'il ne voyait pas grand-chose dans cette noirceur qu'à cause de Tara, qui dormait dans ses bras et qu'il voulait à tout prix éviter de réveiller. Il s'arrêta finalement à côté du premier lit et y déposa doucement la Tueuse, qui n'émit pas un son. Cela prit une petite éternité à Polux pour qu'il défasse les couvertures et en recouvre Tara, tant il n'osait pas faire de mouvements brusques, mais il finit par déposer un baiser sur le front de l'adolescente avant de marcher jusqu'à son propre lit. Là, il s'allongea sur les draps. Depuis son plongeon dans la Cité des Morts, il n'avait plus éprouvé le froid — ou du moins, pas assez pour qu'il ait réellement besoin de sa cape ou de couvertures. Il n'avait toujours pas compris la cause de ce phénomène, mais il supposait que c'était en raison de sa moitié fils du Nord. Car ces derniers étaient faits pour survivre dans le froid, comme les chevaux du Nord et les lynx des Grandes Montagnes. Anouka sauta soudain sur le lit, mettant fin à ses réflexions. Polux se tournait sur le côté afin de laisser un peu de place à sa sœur de meute quand il sentit quelque chose dans la poche de son pantalon. Il y glissa les doigts et en ressortit un bout de parchemin froissé. Il se souvint alors où il l'avait eu : pas plus tard qu'au début de la soirée, quand il se rendait au Festival. Il avait laissé ses armes ainsi que celles de Tara à un réparateur, sur le sentier des kiosques de la veille. Il y avait encore quelques marchands en train de fermer boutique, dont un homme qui vendait des poignards, des fouets, des arcs et plein d'autres trucs que Polux avait été incapable d'identifier. Juste avant qu'il n'aille rejoindre Tara, l'homme avait donné au Rôdeur ce bout de papier en disant qu'il était au fond du carquois. Polux l'avait remercié et avait fourré le parchemin dans sa poche, se disant qu'il y jetterait un œil plus tard. Eh bien, pourquoi ne le ferait-il pas maintenant? Tara dormait paisiblement dans l'autre lit, il n'y avait donc rien pour l'en empêcher. Polux se redressa et s'installa de manière à ce que la faible lumière de la lune éclaire le papier, qu'il déplia lentement en évitant de le faire craquer. Il jeta un dernier regard en direction de l'autre lit, s'attendant presque à ce que Tara soit en train de le dévisager, une lueur meurtrière dans les yeux. Toutefois, la Tueuse dormait toujours à poings fermés. Polux ne risquait donc rien à fouiner dans ses affaires. Il reporta son attention sur le bout de parchemin froissé, déchiré et couvert de taches d'encre qu'il tenait entre ses mains, et le parcourut rapidement de haut en bas. N'étant jamais allé à l'école, il lui fut difficile de déchiffrer ce qui y était écrit, mais il reconnut tout de suite le petit symbole griffonné dans le coin inférieur droit. Tara. C'était donc la jeune fille qui avait rédigé ceci. Et juste à côté, un autre signe… Ouest. Tara, fille de l'Ouest. Polux sourit, comprenant la nature de ce qu'il tentait de lire.

— Des poèmes, murmura-t-il.

Il referma brusquement la bouche et tourna la tête vers la Tueuse. Rien. Pas même un battement de cil. À côté de lui, Anouka émit quelque chose ressemblant à un soupir, mais en plus bruyant.

— Chuuut!... fit Polux en la foudroyant du regard.

La louve agita les oreilles, puis soupira de nouveau. Le Rôdeur leva les yeux au ciel avant de les reposer sur sa lecture. Il étudia le parchemin pendant une vingtaine de minutes, décodant à peine plus d'une dizaine de symboles. Des mots comme «amour», «vie», «bonheur», «passion» et d'autres trucs sur les mêmes thèmes. Polux se demandait à quel moment Tara avait écrit ces vers, s'imaginant que c'était après leur rencontre et que ces mots lui étaient dédiés, quand il buta sur une forme dont il savait qu'il aurait dû en connaître la signification. Au bout de quelques secondes, il comprit qu'il s'agissait de «noir» ou de quelque chose de semblable. Sombre peut-être? Il

survola le texte de nouveau. Caresse…
Corps… *Peau*. Peau d'ébène. Polux serra
les dents. Il n'avait aucune idée à qui les
poèmes faisaient référence, mais certainement pas à lui. Il serra les poings, le
parchemin se froissant entre ses doigts,
puis il se laissa tomber sur le lit, jetant la
boule de papier sur le sol. Un long soupir
s'échappa d'entre ses lèvres alors qu'il
réprimait un grognement. D'accord, les
poèmes ne parlaient pas de lui. Et alors ?
Tara avait eu un compagnon avant lui, un
gars de qui elle était très amoureuse, avec
une magnifique peau d'ébène et qui était
très doué pour les câlins… Quelle importance ? Aucune. Absolument aucune…

— Qu'est-ce que tu regardes ? marmonna le Rôdeur en direction de l'œil
bleu rivé sur lui.

Anouka souffla en émettant un bruit
de gorge. Sa paupière cligna lentement,
son œil aux reflets dorés ne lâchant pas
Polux.

— Je suis pas jaloux, répliqua ce dernier. Pourquoi je le serais ?

La queue de la louve se mit à tambou-
riner sur le lit, produisant un petit son
étouffé. Polux fronça les sourcils.

— J'ai une jolie peau, moi aussi.
Blanche et pure. Comme la neige. Ou le
lait.

Anouka tourna la tête vers son frère,
puis se traîna en grondant — on aurait
dit qu'elle marmonnait — jusqu'à poser
ses pattes antérieures sur le torse de son
frère. Elle posa son museau contre le cou
du Rôdeur et son haleine fit frissonner le
garçon. Celui-ci enfouit ses mains dans
l'épaisse fourrure de la louve, un sourire
étirant ses lèvres.

— Tu trouves aussi qu'une peau
blanche comme le lait est mieux qu'une
peau noire comme la nuit, hein?...

Il se tut. Une peau noire comme la
nuit. Il avait déjà entendu ça. Ça remon-
tait à plusieurs mois, mais il se souvenait
parfaitement de la conversation qu'il
avait surprise entre deux voyageurs. Ce
jour-là, Polux s'était rendu à une des nombreuses pâtisseries du Royaume des
Quatre pour piquer une boîte de

délicieux biscuits chocolatés. Il était resté dans les parages, écoutant les ragots que s'échangeaient les habitants autour de gâteaux et différentes sucreries, quand il était tombé sur deux hommes des terres de l'Est. L'un d'eux, très agité, parlait d'une femme qu'il avait rencontrée pendant un séjour chez une tribu de l'Ouest. Après avoir répété une bonne centaine de fois à quel point elle était jolie et avait d'énormes... de très grands atouts, il avait finalement déclaré qu'elle était déjà en couple. Ce qui avait vraiment amusé Polux, c'était de voir la terreur sur le visage de l'homme quand il parlait du compagnon de la femme. Mais il avait cessé de rire quand le voyageur avait parlé d'une créature à « la peau noire comme la nuit ». C'était ridicule. Aucune race, toutes les terres confondues, n'avait de peau aussi foncée. Et aucun être vivant n'avait « des sabres qui lui sortaient des mains », comme le prétendait l'homme. Ou du moins, c'est ce que croyait Polux avant de lire les poèmes de Tara. Maintenant, il se permettait de douter.

— Je crois qu'il est temps que je dorme, dit Polux à Anouka en lui caressant la tête. Veille bien sur moi, ma belle…

Il ferma les yeux, une phrase résonnant inlassablement dans son esprit : « Une peau noire comme la nuit… »

La chose invisible reparut à la fenêtre. Elle se glissa à l'intérieur de la pièce, désireuse d'avoir droit à un nouveau festin. La bête qui l'avait repérée précédemment était toujours là, montant cette fois la garde au chevet d'une des victimes. Cela n'avait toutefois pas plus d'importance que la veille. La chose se régalerait aussi cette nuit…

Polux frissonna. Ses pieds s'enfonçaient dans la neige, lui engourdissant les orteils. Le vent sifflait à ses oreilles et soulevait sa cape, qui se resserrait autour de sa gorge. Devant lui, une énorme sculpture de glace s'élevait vers le ciel, si haute qu'elle paraissait pouvoir toucher l'azur et l'éventrer. Les flocons de neige se changeraient alors en perles de sang, recouvrant le monde d'un voile de souffrance et de malheur. Le garçon posa sa main contre la surface glacée de ce qui semblait être une main griffue s'extirpant de la terre. Le froid qu'il sentait sous sa paume s'infiltra en lui, remontant dans son bras et s'enroulant autour de son cou. Sa peau se mit à lui faire mal à cet endroit, comme si sa chair brûlait et s'arrachait par lambeaux entiers. Il retira sa main et la douleur s'atténua. Il fit quelques pas en arrière, ne quittant pas l'édifice de glace des yeux. Il tourna finalement les talons et un rire sinistre s'éleva dans son dos. Oui, le ciel serait éventré et Polux, le premier à mourir.

Rien ne venait briser le silence de cette nuit sans lune. Tara pouvait sentir l'herbe sous ses pieds, les brindilles et les cailloux. Elle pouvait sentir la brise fraîche sur sa peau, l'odeur humide de la terre et de la mousse sur les arbres. Mais il lui était impossible de voir les branches s'entrelacer au-dessus de sa tête, les racines serpenter sur le sol et les feuilles

s'agiter au gré du vent. Tout ce qu'elle dis-
cernait dans cette noirceur, c'était ces
yeux jaunes qui la fixaient. Prédateur et
proie se tenaient immobiles, n'ayant toujours pas décidé qui allait jouer quel rôle.
Tara n'était sûre que d'une chose : elle
devait être la première à agir si elle voulait avoir une chance de s'en sortir.

Dans la tempête

Lorsqu'il ouvrit les yeux, Tara était déjà réveillée et l'observait, assise sur l'autre lit. Elle portait ses vêtements de couleur fauve habituels, la longue robe noire de la veille pliée et déposée à sa gauche. Anouka était allongée de l'autre côté, la tête entre les pattes, les yeux rivés à ceux de son frère de meute. Polux se redressa lentement, son esprit encore embrouillé par le sommeil. Dehors, d'énormes flocons de neige ballotés par le vent s'abattaient contre la petite fenêtre, par laquelle il apercevait un ciel gris et triste. Il sembla au Rôdeur que le temps qu'il faisait à l'extérieur reflétait parfaitement ce qu'il ressentait à l'intérieur. Tout comme ces flocons qui ne décidaient pas de leur chemin, il avait l'impression qu'un vent le poussait vers une destination qu'il n'avait pas choisie. Il n'en connaissait pas la source, mais quelque chose l'appelait, l'incitait à venir à elle. Maintenant. Polux se leva, ramassa sa cape sur le sol et tourna la tête vers Tara. Celle-ci se mit debout à son tour et Anouka sauta à terre. Sans un mot, tous trois se dirigèrent vers la sortie et quittèrent la petite maison.

Une dizaine d'artisans étaient déjà installés, leurs produits étalés sur des tables ou accrochés à des toiles. Le réparateur auquel Polux avait confié leurs armes n'était pas là, mais son assistant semblait les avoir repérés, Tara et lui. En une minute, l'affaire fut réglée : la lame du sabre de Polux avait été redressée, mais elle était toujours émoussée et rouillée ; l'arc de Tara avait été recollé et renforcé par une plaque de métal et quelques flèches avaient été ajoutées à son carquois — lorsque l'assistant leur tendit ce dernier objet, le Rôdeur se mordilla l'intérieur des joues en pensant à la boule de parchemin qui reposait toujours sur le plancher de la chambre. Polux remit une poignée de pièces d'or à l'assistant en ordonnant qu'il garde le surplus — pour la rapidité des réparations. Les adolescents reprirent ensuite leur route, sachant que le plus dur était à venir : passer les portes du village et, par la suite, effectuer une nouvelle traversée de la Cité des Morts.

— Vous partez ?... demanda la silhouette qui courait vers eux.

Polux sentit son cœur se serrer. C'était Sett. Lui qui pensait pouvoir l'éviter...

— ... Oui, répondit Tara en s'immobilisant. On... on a des choses à régler.

Sett s'arrêta devant eux. Soulevés par le vent, ses longs cheveux rouges voletaient dans tous les sens et cachaient une partie de son visage. La lueur triste qui était apparue dans ses yeux restait toutefois parfaitement visible. Polux fit un pas vers elle et lui prit la main. Il sentit les yeux de Tara glisser sur lui, puis sur ses doigts entremêlés à ceux de son amie, mais il n'y porta pas attention. Il tenta de fixer Sett dans les yeux, mais elle fuyait son regard. Alors il serra sa main autour de la sienne en lui promettant :

— On se reverra. Bientôt, j'espère.

Sett hocha faiblement la tête en battant des paupières, essayant de chasser ses larmes. Polux l'attira à lui pour la serrer dans ses bras. La fille du Sud ne résista pas, posant sa tête contre l'épaule du Rôdeur. Son souffle vint chatouiller le cou de ce dernier lorsqu'elle soupira :

— J'aurais aimé qu'on ait plus de temps ensemble.

Polux sourit tristement. Il ne savait pas vraiment si elle parlait uniquement des derniers jours, mais dans tous les cas, il était bien d'accord avec elle. Il ferma les yeux et inspira profondément, tentant de ravaler la boule qui s'était formée dans sa gorge. Il ignorait à quel point elle lui avait manqué avant de la revoir et maintenant qu'il devait la quitter, il découvrait à quel point cela lui coûtait de le faire. Il se dit que c'était comme laisser sa petite sœur derrière lui.

— Au revoir, Sett, murmura-t-il finalement en la serrant un peu plus fort.

Il la laissa ensuite saluer Tara, qui l'étreint à son tour en lui disant qu'elle était ravie d'avoir fait sa connaissance — elle ajouta aussi un truc à propos d'une robe.

— Soyez prudents, leur intima Sett en reculant de quelques pas. Et restez suffisamment près l'un de l'autre, il faudrait pas épuiser Polux pour rien.

Le Rôdeur fronça les sourcils. Devant son air interrogateur, Sett s'expliqua :

— Tu sais augmenter ta température corporelle, non ?

— Oui, répondit le Rôdeur, mais je croyais que c'était en raison de…

— …ton sang de fils du Sud, compléta Sett. C'est parce qu'on ne survit que dans des endroits chauds.

Sur ce, elle tourna les talons et repartit en courant vers les tours de gardes. Quand les portes du village commencèrent à s'ouvrir, Polux, Tara et Anouka se remirent en marche. « Bien, pensa Polux en se répétant les dernières paroles de Sett. Un mystère de résolu. Au suivant, maintenant. »

Un pâle rond de lumière les regardait avancer, caché derrière un voile de nuages gris. Il semblait encore haut, même s'il se rapprochait toujours un peu plus des sommets déchiquetés des Grandes Montagnes, à l'Ouest. Peut-être espérait-il se cacher des vents violents qui soulevaient la neige du sol et transportaient à l'horizontale celle qui tombait du ciel. Au moins, lui, il avait la chance d'échapper aux éléments.

— Tara ? fit Polux en essayant de couvrir le mugissement du vent.

La Tueuse tourna la tête vers lui en tenant le capuchon de sa cape. Elle plissait les paupières, ses longs cils se touchant presque. De petits cristaux de glace y étaient collés, tout comme dans ses sourcils. Chaque fois qu'elle expirait, son haleine créait un nuage dans l'air glacial et les mèches de cheveux près de sa bouche se couvraient de givre.

— J'ai pas... Je t'ai pas expliqué ce que je cherche, reprit Polux. Pourquoi j'ai voulu partir...

— Il aurait fallu partir tôt ou tard, coupa Tara en haussant les épaules.

Sa voix était faible à travers le vent, Polux devina plus qu'il n'entendit ce qu'elle disait. Il fronça les sourcils et hocha lentement la tête. Ils avaient échangé très peu de paroles depuis leur départ, ceci n'étant peut-être que le début d'une conversation digne de ce nom. À plusieurs reprises, le garçon avait essayé d'expliquer à la Tueuse où ils allaient et pourquoi ils devaient s'y rendre, mais à chaque fois, il avait refermé la bouche sans avoir dit un mot. Pour sa part, Tara ne parlait que pour répondre à Polux. Elle restait silencieuse et marchait sans poser de questions, le regard rivé soit sur l'horizon, soit sur ses pieds. Elle ne semblait même pas se rendre compte du temps qui passait, de la neige qui tombait et se collait à ses joues avant de fondre et de glisser jusqu'à son menton. Elle ne montrait aucun signe d'épuisement ou même d'ennui. Elle paraissait simplement perdue dans ses pensées, lesquelles étaient, bien entendu, inaccessibles au Rôdeur. Ce dernier avait tout d'abord essayé de comprendre ce qu'il lisait sur le visage de l'adolescente — de la peur? de l'inquiétude? de la colère? de la tristesse? — pour finalement conclure que c'était un peu de tout ça ou alors complètement autre chose. Il avait ensuite interrogé la Tueuse à ce sujet, mais elle ne l'avait pas entendu — ou bien elle avait fait semblant, comment savoir? Il avait donc renoncé en songeant que si elle voulait se confier, elle le ferait. C'est d'ailleurs ce que lui-même tentait de faire avec l'espoir qu'elle suivrait son exemple.

— Je fais des... rêves depuis quelque temps et il y a quelque chose...

— Des rêves? répéta Tara en fronçant les sourcils.

Polux hésita une seconde. Une lueur venait d'apparaître dans les yeux de la jeune fille. Serait-il possible qu'elle aussi ait eu d'étranges visions durant son sommeil? Le Rôdeur acquiesça finalement avant de poursuivre :

— Et donc, quelque chose m'appelle. Ici, quelque part… Je me sens attiré vers cet endroit même en étant éveillé. Je crois que c'est… important.

Il se tut. Une bourrasque souleva sa cape, serrant le col autour de sa gorge. Il attrapa le capuchon et le replaça sur sa tête, atténuant le sifflement dans ses oreilles. À côté de lui, Tara s'était remise à fixer ses pieds et son froncement de sourcils s'était accentué. Au bout de quelques secondes, elle releva la tête. Polux se demandait si elle se déciderait à parler lorsqu'elle lui dit :

— J'ai rêvé, moi aussi.

Nouveau silence. Le Rôdeur soupira, certain que Tara ne l'entendrait pas avec le vacarme du vent. Il se concentra sur ses pas, regardant la neige fondre sous ses pieds et le petit nuage de vapeur s'élever et disparaître presque immédiatement.

— Polux, tu as déjà entendu parler des Tsayes ?

Le garçon serra les dents.

— Non, je crois pas…

Tara le regarda d'un air étonné.

— Vraiment ? fit-elle en levant des sourcils pleins de glaçons. Tes parents t'ont jamais dit…

— Rentre vite sinon les Tsayes vont venir te manger ? devina Polux. À ton avis ?

Comme si ses souvenirs remontaient à assez loin pour qu'il se le rappelle. Au regard que la Tueuse lui lança, il comprit qu'il n'avait pas pu s'empêcher de lever le ton. Il tourna la tête vers l'horizon alors que Tara marmonnait :

— Non, t'as raison. Et puis c'est plutôt une croyance de l'Ouest…

Le Rôdeur attendit qu'elle poursuive, mais elle ne le fit pas. Il laissa échapper un nouveau soupir avant d'insister :

— Et ?…

La Tueuse lui jeta un regard en coin.

— Pour faire une histoire courte, expliqua-t-elle, ce sont eux qui donnent leurs pouvoirs aux Tueurs. Et disons qu'ils apprécient pas trop qu'on quitte leur tribu…

Polux s'arrêta. Faisant face à Tara, il demanda :

— Qu'est-ce que tu veux dire ?

Il serrait les dents. L'air semblait soudain lui manquer, mais peut-être n'était-ce qu'un effet du regard dur que la Tueuse posa sur lui. Il attendit plusieurs secondes, le cœur bondissant irrégulièrement dans sa poitrine. Le comportement de Tara l'inquiétait et il était certain qu'il y avait une bonne raison à cela. Seul le fait qu'elle mette tant de temps à répondre à une simple question lui paraissait anormal.

— Tara...

— Je vais devoir retourner chez les Tueurs, expliqua la jeune fille. Lorsqu'on aura terminé... ce qu'on vient d'entreprendre, je devrai partir. Seule.

— ...

Anouka choisit ce moment pour commencer à aboyer. Polux jeta un regard agacé en direction de sa sœur de meute, accroupie un peu plus loin. Elle avait la truffe collée au sol, elle devait avoir trouvé quelque chose. « J'espère que c'est important », songea le Rôdeur en reportant son attention sur Tara.

— On en reparlera, lui dit-il avant de rejoindre Anouka.

La louve s'était mise à creuser dans la neige, formant un petit trou où elle enfouissait son museau à répétition. Quand Polux s'agenouilla à ses côtés, elle s'écarta légèrement pour lui montrer sa découverte. Elle se mit à agiter la queue en poussant de petits gémissements, incitant son frère à se pencher pour regarder de plus près. Le Rôdeur s'exécuta et découvrit… un glaçon.

— Anouka, grogna-t-il. Tu fais un drame pour un morceau de glace ?

La louve jappa en agitant les oreilles, son regard passant de son frère au trou qu'elle avait creusé.

— D'accord, soupira le garçon. Je te le donne.

Ses doigts se refermèrent autour du glaçon et il fronça les sourcils. C'était aussi mince que du parchemin. Il leva la main à hauteur d'yeux et constata

qu'Anouka avait bel et bien fait une trou-
vaille intéressante. Il tenait entre ses
doigts ce qui semblait être une plume, et
d'un gros oiseau apparemment. La plume
était parfaitement droite et rigide, mais il
n'était pas étonnant qu'elle soit gelée —
ils se trouvaient tout de même dans la
Cité des Morts. La seule chose étrange, et
ça l'était au plus haut point, c'est qu'elle
était composée de glace. Elle n'en était
pas recouverte, comme on pouvait s'y
attendre. Elle en était faite.

— Qu'est-ce que c'est ? demanda Tara
en se penchant sur l'épaule de Polux.

Le garçon n'eut pas le temps de
répondre qu'un cri strident résonnait au-
dessus de leur tête. Ils levèrent les yeux,
tentant d'apercevoir quelque chose à travers les flocons de neige qui se faisaient
charrier dans toutes les directions.
Anouka se dressa alors sur ses pattes
arrière en alternant les aboiements et les
grognements. Polux chercha ce qui provoquait cette panique chez sa sœur.
Plusieurs secondes s'écoulèrent encore

avant qu'il ne distingue un scintillement, très haut dans le ciel. En plissant les paupières, il sut qu'il avait vu juste.

— Je crois que cette plume est à lui, annonça-t-il sans détacher son regard de l'oiseau.

L'aigle poussa un nouveau cri, puis replia ses ailes contre son corps avant d'entamer une descente en piqué. Le voyant approcher, Polux dégaina son sabre, mais il n'eut pas le temps de s'en servir que le rapace avait atteint leur hauteur, avait déplié ses ailes et filé entre eux. Il était passé si proche que le Rôdeur aurait pu toucher ses ailes de glace en étendant le bras. L'oiseau s'éloigna d'eux en planant alors qu'Anouka s'élançait à sa poursuite en aboyant.

— Non, Anouka! appela Polux.

La louve et l'oiseau avaient parcouru quelques dizaines de mètres quand soudain, ils disparurent.

— Où sont-ils passés? questionna Tara en se rapprochant du Rôdeur.

Elle s'était mise à frissonner, Polux s'étant éloigné d'elle quand Anouka avait trouvé la plume. Il la prit par la main, faisant presque aussitôt cesser ses tremblements.

— J'en sais rien, marmonna-t-il en sondant le paysage de glace du regard. Allez, viens.

Le vent allait en s'intensifiant et il était impossible de voir quoi que ce soit clairement au-delà de quelques mètres. Polux et Tara parcoururent la distance qui les séparait de l'endroit où s'étaient volatilisés Anouka et l'aigle. Ils avançaient la tête baissée, espérant ainsi se protéger de la neige et des rafales de vent. Au bout d'un moment, des bruits leur parvinrent, mais impossible de savoir d'où ils provenaient. Ce qui les produisait, par contre, était on ne peut plus évident.

— C'est Anouka, fit Polux en accélérant le pas.

Tara le retint par le bras. Le Rôdeur se tourna vers elle, espérant qu'elle avait une bonne raison de les ralentir. Il la découvrit immobile, bien droite, la tête levée vers le ciel. Polux suivit son regard et son sang se figea dans ses veines. Presque invisible sur ce ciel gris traversé de flocons de neige, d'énormes pics de glace s'élevaient au-dessus d'eux, tels des griffes prêtes à déchiqueter le ciel. Comme dans son rêve. Le Rôdeur prit une profonde inspiration. « On y est », pensa-t-il en reportant son attention au niveau du sol. Dans la glace, il découvrit un espace à peine plus haut que lui et si étroit qu'il devrait s'y faufiler de côté.

— C'est par là qu'Anouka est entrée, annonça-t-il à Tara en désignant le trou.

Lui et la Tueuse s'observèrent un court instant avant de hocher la tête à l'unisson. Et ils entrèrent dans ce qu'ils découvriraient bientôt être un château de glace.

LE BANNI

Il faisait sombre à l'intérieur et les deux adolescents durent attendre quelques secondes avant de distinguer quelque chose. Le sifflement du vent, dehors, était toujours audible, mais beaucoup moins agressant. Ici, il faisait légèrement plus chaud et humide, si bien que la cape de Polux lui colla bientôt à la peau. La vue du garçon finit de s'ajuster au moment où une silhouette se jetait sur lui. Il fit un pas en arrière, prêt à se dérober à tout moment, mais une vague de soulagement l'envahit. La forme blanche qui venait dans sa direction n'était autre qu'Anouka.

— Tu sais que tu m'as fait peur, toi ? dit-il en s'agenouillant près de sa sœur.

La louve ne lui laissa pas le temps de la caresser et se mit tout de suite à tourner autour de lui, un son sourd s'élevant de sa gorge. Polux l'observa pendant une seconde, croyant qu'elle était seulement effrayée de les avoir perdus, Tara et lui. Mais alors que ses grondements se faisaient de plus en plus distincts, il comprit que quelque chose n'allait pas. À ce moment, une voix s'éleva dans son dos :

— Désolé pour l'oiseau...

Le Rôdeur se releva en tournant la tête vers le son, se plaçant devant Tara sans même y penser. Sondant l'obscurité du regard, il mit sa main dans son dos, cherchant les doigts de la Tueuse. Il ne tarda pas à les trouver et y enroula les siens, le cœur bondissant dans sa poitrine.

— Il ne vous a pas fait de mal, j'espère ? poursuivit la voix grave.

Son propriétaire restait toutefois invisible. Des bruits de pas se firent entendre, résonnant tout autour des jeunes gens et de la louve. Cette dernière avait cessé de courir autour de son frère pour se camper à côté de lui, les oreilles et la queue dressées, ses babines retroussées juste assez pour découvrir ses crocs.

— Non, ça va…, fit Polux alors que ses yeux balayaient à toute vitesse la pièce dans laquelle ils se trouvaient.

Car il s'agissait bien de cela : une pièce. Très grande, très haute de plafond, très sinistre et très vide. Elle était si large qu'il faudrait sûrement une dizaine de secondes pour la traverser à la course et si haute que Tara serait incapable de toucher le plafond du bout des doigts même en montant sur les épaules du Rôdeur. Et la façon dont les parois semblaient luire de l'intérieur, comme s'il y avait quelque chose en elles… La lumière pulsait littéralement, tel un cœur qui bat, donnant presque l'illusion que les murs étaient vivants, entendaient et voyaient tout ce qui se passait. Polux songea qu'ils devaient leur offrir un bon divertissement vu l'absence de meubles, de décorations ou de n'importe quel autre objet à regarder. Mis à part cet escalier, là, creusé à même la glace, qui s'enfonçait dans les ténèbres et d'où émergea bientôt une forme noire. Une grande, très grande forme noire.

— Qui êtes-vous ? demanda Polux.

Un frisson remonta le long de sa colonne vertébrale lorsque la silhouette se précisa. Un homme, comme l'avait précédemment indiqué le ton de la voix, se tenait au pied des marches. Il devait mesurer près de deux mètres et ses épaules larges laissaient penser que, peu importe son âge, il était toujours fort et robuste. La cape de plumes noires qu'il portait indiquait que c'était un sorcier, mais elle cachait aussi la totalité de son corps. Enfin, un bout de menton dépassait bien de la capuche, mais impossible de déterminer si la peau était blanche ou grise. Dernier détail pertinent : il avait un aigle de glace perché sur l'épaule droite.

— Qui suis-je ? répéta l'homme de sa voix qui faisait penser à un affreux râle. Ce serait plutôt à moi de vous poser cette question. Mais comme je n'ai jamais eu l'habitude d'être discourtois, je dirai simplement qu'au temps où je vivais avec ma tribu, on m'appelait Zéphyr.

Zéphyr. Le Rôdeur frémit. Ce nom était presque aussi effrayant que celui qui le portait.

— Et on peut savoir de quelle tribu il est question ? interrogea Tara d'un air soupçonneux.

Polux jeta un rapide coup d'œil à la Tueuse, songeant qu'elle était soit très courageuse, soit complètement folle de risquer de contrarier cet homme mystérieux. Quand ce dernier émit quelque chose ressemblant à un rire, un grondement sourd se fit entendre. Le Rôdeur baissa immédiatement les yeux vers Anouka, qui tâchait visiblement de faire comprendre à Zéphyr qu'elle ne l'aimait pas. Polux allait la réprimander quand l'homme en noir le coupa :

— Laisse-la. Elle ne me connaît pas, voilà tout…

Il fit alors un pas dans leur direction et Polux sentit les doigts de Tara se resserrer autour des siens.

— Je porte le tatouage des Fugitifs, annonça-t-il en réponse à la question de la Tueuse. Bien que je n'en fasse plus vraiment partie…

Il y eut un court silence puis le Rôdeur sentit que, dans l'ombre de la cape à plumes, le regard de l'homme se posait sur lui.

— Tout comme toi.

Quelque chose se coinça dans la gorge du garçon — peut-être son cœur qui avait exécuté une pirouette de trop ? Il bafouilla :

— Euh… Désolé, mais je… je suis un fils du Sud et…

— Ne joue pas à ça avec moi, répliqua Zéphyr en pivotant sur ses talons et en repartant vers l'escalier de glace.

Sa cape claqua derrière lui alors qu'il s'éloignait. Au bout de quelques secondes, sa voix résonna de nouveau, légèrement plus douce qu'auparavant :

— Tu ressembles à ton père…

— Vous connaissez Félix ? s'exclama Polux avant d'avoir pu s'en empêcher.

— Autrefois, je l'ai connu, le corrigea Zéphyr.

Ses paroles furent légèrement étouffées lorsqu'il entreprit de gravir les escaliers, les murs qui l'entouraient assourdissant sa voix :

— Et maintenant, si tu veux bien me suivre ; nous reparlerons de tout cela autour d'un bon repas.

Polux ne prit pas le temps de consulter Tara avant d'emboîter le pas au sorcier. Anouka les suivit, un son grave s'élevant toujours de sa gorge.

L'escalier en colimaçon débouchait sur ce qui devait être la salle à manger. C'était une petite pièce avec pour seul mobilier une table entourée de bancs — faits de glace, bien sûr. Après avoir invité Polux et Tara à s'asseoir, Zéphyr s'éclipsa pour réapparaître moins d'une minute plus tard, tenant dans sa main droite un plateau où s'empilaient des tranches de viandes crues.

— Si je peux me permettre, balbutia Tara quand un morceau sanguinolent s'étala sur la table devant elle, comment est-ce… La viande n'est pas…

Pour toute réponse, le sorcier marmonna un mot dans la langue des Anciens et une flamme bleue se mit à crépiter au centre de la table. Cela parut satisfaire la Tueuse qui, dans un haussement de sourcils, s'empara des ustensiles que lui tendait Zéphyr avant de s'efforcer de couper sa viande en cube pour la faire cuire. Polux la regarda faire pendant un instant en se mordillant la lèvre, avant de se lancer :

— Alors, vous trouvez que je ressemble à mon père ?

Zéphyr fourra un morceau de viande bien cuite dans sa bouche. Le Rôdeur l'entendit mâcher et déglutir, et les quelques secondes que durèrent ces deux actions lui parurent une éternité.

— Plutôt, oui, répondit finalement le sorcier. Mais tes grands yeux et ton nez retroussé sont visiblement ceux de Sidka.

Polux faillit en échapper son couteau. À côté de lui, Tara s'était immobilisée.

— Qui est Sidka ? demanda-t-elle presque à voix basse.

Personne ne lui répondit. Le Rôdeur s'aperçut qu'il retenait son souffle. Il soupira longuement en détournant le regard.

— Polux?… fit la voix douce de Tara.

Le garçon sentit une main se poser sur la sienne. Lentement, il tourna la tête. La Tueuse s'était penchée vers lui et l'observait, ses yeux à la recherche des siens. Il inspira profondément et laissa tomber :

— C'était ma mère.

Un lourd silence suivit. Polux tenta de se concentrer sur ses doigts, emmêlés à ceux de Tara. Il était déjà trop conscient des battements effrénés de son cœur dans sa poitrine, de la boule qui s'était logée dans sa gorge et de ses yeux qui s'étaient emplis de larmes. Penser à Sidka lui avait toujours été plus éprouvant que lorsqu'il était question de Félix, il n'avait jamais compris pourquoi. Peut-être que, quelque part au fond de lui, il en voulait encore à son père de l'avoir abandonné, même s'il n'avait pas vraiment eu le choix.

— Parlez-moi d'elle.

Polux se surprit lui-même en faisant cette demande. Il reporta son attention sur Zéphyr. Quand celui-ci hocha légèrement la tête, le Rôdeur ne sut s'il devait en être heureux ou un peu plus attristé.

— Félix et moi avons fait sa connaissance lors d'un voyage au Royaume des Quatre. Elle était serveuse dans l'une des tavernes où nous avions l'habitude d'aller nous détendre et c'était toujours elle qui nous apportait nos verres. Dès le premier soir, j'ai remarqué que Félix l'intéressait et je n'ai pas été étonné en apprenant que c'était réciproque.

Le sorcier fit une pause pour avaler une autre bouchée et Polux se dit qu'il devrait peut-être en faire autant. Son ventre criait déjà famine avant que ses compagnons et lui n'arrivent au château et pourtant, maintenant qu'une énorme tranche de viande — vue sa couleur, le garçon aurait dit du cerf ou quelque chose s'en approchant — gisait devant lui, il n'avait plus aucune envie d'y toucher.

— Au bout de quelques jours seulement, reprit Zéphyr, Félix et Sidka ont commencé à se fréquenter. Lorsque notre voyage a pris fin, environ un mois plus tard, il était hors de question pour mon ami qu'il se sépare de sa nouvelle compagne, et comme ses obligations au sein des Fugitifs lui interdisaient de s'installer au Royaume des Quatre…

— Il a ramené Sidka avec lui, compléta Polux. Oui, je…

— Tu connais déjà toute cette histoire, acquiesça Zéphyr en agitant la main. Mais que penses-tu de celle-ci : méprisée par le peuple qu'elle devait diriger, Sidka a eu plus d'une fois envie de quitter les Fugitifs pour retourner chez elle. Mais elle ne l'a pas fait, car même dans les moments les plus sombres, ses deux fils étaient là pour lui donner tout l'amour dont elle avait besoin.

Polux observa Zéphyr — ou plutôt la zone d'ombre qui lui servait de visage — en fronçant les sourcils. Durant une seconde, il se demanda si le sorcier était sérieux. Comme le silence s'allongeait, il supposa que c'était le cas.

— Vous savez, dit-il en secouant légèrement la tête, j'ai très peu de souvenirs qui remontent aussi loin, mais je vous garantis que Sidka était ma mère et seulement la mienne. Et pour ce qui est de l'amour, je doute que Castor en ait eu beaucoup à donner...

À la surprise des deux adolescents, Zéphyr se mit à rire. Polux ne put s'empêcher de frissonner en entendant ce son grave et, si c'était possible, encore plus rauque que l'était la voix de l'homme.

— On peut savoir ce qu'il y a de drôle ? intervint Tara en serrant les doigts du Rôdeur un peu plus fort.

Zéphyr ne daigna pas même tourner la tête vers elle. Il s'adressa plutôt à Polux, lui posant une question des plus étranges :

— Ne t'es-tu jamais demandé pourquoi ton frère agissait si bizarrement à ton égard ?

— J'ai l'air d'un fils du Sud, répondit le garçon avec un haussement d'épaules. Il me déteste, il essaie de me tuer. Je vois pas ce qu'il y a de bizarre à ça...

— Ce qu'il y a, insista pourtant le sorcier d'une voix presque dure, c'est que tu n'as rien compris. Castor ne vous a jamais détestés, Sidka et toi. Il détestait ce qu'il y avait *avant* vous.

Le monde s'effaça autour de Polux. Il se retrouva face à un enfant, un petit garçon aux cheveux noirs. Son visage lui était familier, il était presque certain de reconnaître ce regard malicieux. « Qu'est-ce que c'est ? » s'entendit-il demander. Sa voix était étrange, si haut perchée qu'on aurait pu croire que c'était celle d'un gamin. L'enfant aux cheveux noirs leva un bras bariolé de marques roses devant lui. Il fronça les sourcils et répondit : « C'est ma maman qui m'a fait ça. Elle était en colère. »

— ...Peu de temps après ta supposée mort, Sidka a disparu et Castor, qui était alors trop jeune pour comprendre les évènements, a tout perdu.

Polux revint au moment présent, comprenant que la scène à laquelle il venait d'assister était un souvenir. Il essaya de se concentrer sur les paroles de Zéphyr, mais d'autres images lui revenaient en mémoire, ajoutant de l'incompréhension à sa confusion.

— Castor ne t'a jamais détesté, répéta le sorcier, mais en un sens, il est vrai qu'il t'en veut de toujours être en vie, parce que si tu n'avais pas existé, Sidka n'aurait eu aucune raison de l'abandonner. Et c'est ça qu'il déteste.

Une fois le repas terminé — Polux n'avait finalement pas touché à sa viande, mais Anouka s'était fait un plaisir de tout avaler à sa place —, Zéphyr proposa aux adolescents une petite visite des lieux. Comme le Rôdeur n'avait plus prononcé un mot depuis un long moment et qu'il semblait trop perdu dans ses pensées pour répondre, Tara s'empressa d'accepter pour eux deux. Le sorcier leur fit donc traverser l'aile Est en les guidant à travers un dédale de couloirs et de pièces, leur expliquant qu'ils pourraient par la suite se balader dans cette section du château comme bon leur semblait et sans risque de se perdre. Il les prévint toutefois que certaines pièces leur étaient strictement interdites. Comme celle-ci, devant laquelle ils passaient en cet instant. L'entrée était gardée par un long voile noir et il était impossible d'apercevoir ce qui se cachait derrière. Cela intrigua Tara et, bien qu'elle se doutât que ce n'était pas une bonne idée — voire une très mauvaise —, elle se demanda si elle aurait le courage d'y entrer lorsque Zéphyr aurait le dos tourné...

— Nous y voilà, annonça l'homme en s'arrêtant devant un voile blanc. Il y a ici toutes les peaux de bête dont vous pourriez avoir besoin pour vous tenir au chaud cette nuit.

Il écarta le voile de sa main droite, invitant les adolescents à entrer dans la pièce. Tara s'exécuta sans se faire prier, suivie d'Anouka et de Polux, dont le visage était toujours vide d'expression. Zéphyr allait tourner les talons quand le garçon demanda d'une voix morne :

— Pourquoi on vous a envoyé ici ?

La Tueuse se retint d'assener une baffe au Rôdeur. Tout chez Zéphyr l'effrayait déjà assez comme ça. Que ce soit sa voix grave et caverneuse, son visage caché dans l'ombre de sa cape de sorcier si vieille que les plumes s'en détachaient ou sa manie de n'utiliser que sa main droite, Tara trouvait leur hôte bien trop mystérieux pour se sentir en sécurité. Alors connaître la raison pour laquelle il avait été chassé de sa tribu d'origine ? Elle aurait préféré s'en passer, mais Zéphyr répondit à la question de Polux d'une voix si calme et si froide que la température parut subitement chuter :

— On a cru que j'avais assassiné le chef. Considéré comme un traître, j'ai été traité comme tel.

Oh, ça, Tara n'avait pas de mal à le croire et elle ne semblait pas être la seule de cet avis : Anouka tournait autour de ses jambes, comme si elle montait la garde, et ne quittait pas le sorcier des yeux.

— Ça fait un certain temps que vous vivez ici, non ? fit encore Polux. Comment avez-vous survécu aussi longtemps à la Cité des Morts ?

La Tueuse ne put s'empêcher de jeter un œil à Zéphyr pour connaître sa réaction. Elle regretta alors d'être aussi curieuse, car l'ombre d'un sourire passa sur les lèvres à moitié cachées du sorcier. Dans l'esprit de Tara, l'homme passa alors du rang « d'effrayant » à celui de « totalement terrifiant ».

— Et toi, Polux ? rétorqua Zéphyr. Comment as-tu survécu aussi longtemps ?

Il tourna les talons et disparut dans l'obscurité du couloir, quelque chose ressemblant à un rire résonnant derrière lui.

Dès qu'ils furent seuls, Polux se jeta sur le lit, qui n'était en fait qu'une pile de fourrures et de peaux de bête. Il resta parfaitement silencieux pendant une heure, puis s'endormit finalement avec un long soupir. Tara resta assise à ses côtés, ses yeux rivés sur lui sans vraiment le voir. Tout ce dont elle était consciente, c'est que son esprit bouillonnait, ses pensées virevoltant et s'entrechoquant à l'intérieur de sa tête. La voix de Zéphyr résonnait toujours à ses oreilles, mais elle ne captait aucune parole clairement, seulement le son rauque qui grattait sous son crâne, comme si un animal était en train d'y faire ses griffes. La Tueuse frissonna pour une énième fois depuis qu'ils avaient mis les pieds dans ce château. Il y avait quelque chose dans cet endroit qui lui faisait froid dans le dos, elle n'avait simplement pas encore déterminé de quoi il s'agissait. Quelque chose de plus que l'air qui empestait la magie — la présence de sortilèges permanents était si flagrante que cela en devenait presque visible à l'œil nu. Quelque chose de plus que toute cette glace qui les entourait et luisait de l'intérieur. Quelque chose de plus que cet aigle qui les épiait, perché sur l'épaule de son horrible maître.

— Anouka, murmura alors la jeune fille en tournant la tête vers la louve.

Celle-ci dressa les oreilles en rivant ses yeux tachetés d'ambre à ceux de la Tueuse. D'un simple regard, la jeune fille lui fit comprendre ses intentions et Anouka s'approcha d'elle en se dandinant, évitant de faire des mouvements qui risqueraient de réveiller le Rôdeur. Tara se releva lentement et marcha sur la pointe des pieds jusqu'à l'entrée de la pièce, grimaçant chaque fois que ses orteils se posaient sur le sol. C'était une sensation très désagréable de toucher de la glace qui n'était même pas *froide*. Il y avait de la magie derrière ça, évidemment, mais cela n'en était pas moins troublant. En fait, en s'arrêtant devant le voile blanc, Tara se faisait la réflexion que tout ce qui les entourait était étrange. La jeune fille fronça les sourcils, se demandant si elle ne ferait pas mieux d'aller dormir. Sa décision fut vite prise.

— Allez, Anouka, ordonna-t-elle en prenant ses armes.

Elle accrocha le carquois à sa ceinture, passa l'arc sur son épaule et franchit le voile blanc, le cœur bondissant dans sa poitrine.

Tara eut une seconde d'hésitation en levant la main vers le rideau noir. Voulait-elle réellement savoir ce qu'il y avait

derrière ? Elle se mordilla la lèvre inférieure en regardant nerveusement autour
d'elle. La lueur bleutée dégagée par les
murs lui permettait de voir à quelques
mètres, mais le reste des couloirs était
plongé dans l'obscurité. Elle savait
qu'avec Anouka, elles étaient les seules à
être éveillées, mais des frissons ne cessaient de parcourir son dos et elle devenait de plus en plus nerveuse. Elle était
sur le point de rebrousser chemin quand
Anouka en décida autrement : laissant
Tara derrière elle, la louve passa sous le
voile.

— Anouka, appela la Tueuse à voix
basse.

Seul le silence lui répondit. La jeune
fille jeta un dernier coup d'œil dans son
dos, puis entra à son tour dans la pièce
dont Zéphyr leur avait interdit l'accès.
Contrairement à tous les autres, ces murs-
ci ne brillaient pas et Tara se retrouva
dans le noir le plus complet et le plus
effrayant.

— Anouka, répéta la Tueuse en essayant d'avoir un ton un peu plus autoritaire.

Sa voix résonna autour d'elle, comme reprise par une demi-douzaine de bouches. L'écho s'éteint après quelques secondes et Tara osa faire un pas en avant. La pièce s'éclaira soudain, la forçant à plisser les paupières. Des dizaines de flammes bleues apparaissaient le long des parois de glace autour d'elle, révélant ce que Zéphyr cachait dans cette pièce : absolument rien. Un mélange de déception et de soulagement envahit la jeune fille. Elle l'aurait sûrement regretté si elle avait découvert une salle de torture — c'est à peu près ce à quoi elle s'attendait —, mais elle espérait tout de même trouver quelque chose d'intéressant. Une mare de sang frais, peut-être ?... Il n'y avait malheureusement rien à voir. Enfin si, Anouka se tenait bien sur ses pattes postérieures en faisant d'étranges mouvements de tête, mais elle venait peut-être simplement d'apercevoir son reflet dans un des murs...

— C'est rien, ma belle, expliqua Tara en s'approchant de la louve. Viens, on doit...

Ses yeux s'arrondirent et sa bouche se referma dans un claquement. Ce n'était pas son reflet qui intriguait Anouka. C'était plutôt ce qui se cachait dans l'alcôve devant elle, un espace creusé dans la glace et mesurant près de deux mètres de haut. Une boule remonta dans la gorge de la Tueuse alors qu'elle faisait un pas en arrière. À ses côtés, la louve se laissa retomber sur ses pattes antérieures. Elle tourna alors la tête vers Tara et, provoquant un hoquet de surprise à cette dernière, elle retroussa les babines et se mit à gronder. L'adolescente resta immobile un instant avant de s'apercevoir que les yeux bleus n'étaient pas posés sur elle. Retenant son souffle, elle pivota lentement sur ses talons.

— La curiosité est un bien vilain défaut, fit la voix rauque de Zéphyr. Ne le savais-tu donc pas ?

Polux passa le voile noir en courant, son sabre à la main. Ses pieds nus frappèrent le sol avec un claquement sec et ce son résonna de façon inquiétante à ses oreilles. Il semblait lui signifier que la pièce était vide, qu'il n'avait rien à voir ni rien à faire ici. Polux aurait aimé le croire, mais le hurlement qui l'avait réveillé provenait bien de cet endroit, il en était certain. Et il en eut la preuve en découvrant, quelque mètres plus loin, les silhouettes immobiles de sa compagne et de sa sœur de meute. Le Rôdeur se précipita vers elles, ne voulant pas croire ce que ses yeux lui montraient. Mais il s'agissait bien de la vérité : devant lui se dressait Tara, son arc dans une main, l'autre figée à quelques centimètres de son carquois. À ses pieds, Anouka semblait presque paisible, en oubliant ses oreilles plaquées sur sa tête et ses poils hérissés le long de son échine. Toutes deux étaient entièrement recouvertes d'une mince pellicule de glace.

— Ne les touche pas, gronda une voix dans le dos du Rôdeur quand il leva la main vers le visage de Tara. Elles seraient mortes en une seconde.

Polux fit volte-face. Zéphyr se tenait devant lui, plus imposant et plus effrayant que jamais.

— Qu'est-ce que vous leur avez fait? questionna le Rôdeur en serrant les doigts autour du manche de son sabre.

Ses ongles s'enfoncèrent douloureusement dans sa peau, mais il n'y prêta pas attention. Il ne se rendait même plus compte des battements affolés de son cœur, des tremblements de ses mains ou des larmes qui perlaient au coin de ses yeux. Tout ce qu'il voyait, c'était cet homme devant lui, cet homme qu'il détestait de tout son être.

— QU'EST-CE QUE VOUS LEUR AVEZ FAIT? hurla-t-il en faisant un pas dans la direction du sorcier.

— Elles n'avaient pas le droit de venir ici, répondit simplement Zéphyr.

Sa tête pencha légèrement d'un côté, et Polux comprit que quelque chose avait attiré son regard. L'adolescent jeta un coup d'œil dans son dos et son sang se glaça dans ses veines. Derrière Tara et Anouka, dans une alcôve creusée dans le mur, il y avait une statue de glace. En fait, ce n'était pas à proprement parler une statue, mais plutôt une *femme* recouverte de glace. Et Polux la connaissait. Il connaissait ces longs cheveux soyeux, ces lèvres où il avait vu naître les plus jolis sourires et ces grands yeux rouges au regard si doux. Ces yeux, il ne pourrait jamais les oublier, parce qu'il avait les mêmes. Les mêmes que Sidka.

— Qui êtes-vous ? siffla Polux en séparant bien chaque mot.

Il sentit sa colère se transformer en rage et une chaleur cuisante se répandit dans tout son corps. Son visage lui parut bientôt en feu et, à ce moment, il serrait les dents si fort que sa mâchoire lui fit mal. Mais le poids qui lui écrasait alors la poitrine le faisait mille fois plus souffrir.

— Tu le sais parfaitement, répliqua Zéphyr.

Le Rôdeur secoua la tête :

— Mauvaise réponse.

Et il se jeta sur le sorcier. Il leva son sabre, prêt à frapper de toutes ses forces, mais Zéphyr esquissa alors un geste de la main. Un simple geste qui fut suffisant pour envoyer l'adolescent contre le mur, plusieurs mètres plus loin. Le garçon sentit sa tête heurter la glace et il s'affaissa sur le sol, sonné.

— Laisse-moi t'expliquer, fit la voix grave de Zéphyr à ses oreilles.

La silhouette floue de l'homme se rapprocha et Polux tâtonna à côté de lui, à la recherche de son sabre. Un son aigu résonnait toujours dans sa tête et les murs continuaient d'onduler, mais sa vue redevint assez nette pour qu'il s'aperçoive que son arme reposait aux pieds de Zéphyr et il n'était pas assez imbécile, même au bord de l'évanouissement, pour tenter de s'en emparer.

— Pour commencer, regarde-moi, Polux.

Le Rôdeur leva lentement les yeux pour voir le sorcier porter les mains à sa tête. Lorsqu'il comprit que Zéphyr allait lui dévoiler son visage, sa gorge se serra et quand la main gauche de l'homme étincela sous la lueur des flammes bleues, il fut pris de nausées.

— Regarde-moi, répéta Zéphyr.

Son regard croisa celui de Polux, et le corps entier de ce dernier ne fut plus que souffrance. Le garçon plaqua ses mains sur ses tempes, voulant empêcher son crâne d'exploser. Cela sembla fonctionner, bien que maintenant ce fussent ses yeux qui tentaient de quitter leur orbite. Polux écrasa ses paumes sur ses paupières closes. Des aiguilles glacées lui traversèrent alors la main gauche pour se planter dans son œil. Sa bouche s'ouvrit pour laisser passer un cri, mais seul un râle torturé glissa entre ses lèvres. La voix rauque de Zéphyr résonna dans sa tête juste avant qu'il ne sombre dans l'inconscience :

— Regarde-moi, mon fils !!!

9

ZÉPHYR

En clignant des yeux, Polux s'aperçut qu'il faisait clair. Les rayons de soleil qui filtraient à travers le mur de glace, devant lui, lui firent plisser les paupières et ce simple effort réveilla sa migraine. Tout se mit à tanguer autour de lui et il crut qu'il était bon pour une autre petite sieste…

— J'avais 17 ans lorsque j'ai rencontré Halna.

La voix résonna douloureusement aux oreilles de Polux, qui serra les dents.

— C'était une jeune femme d'une grande beauté, déjà courtisée par plusieurs Spectres, des hommes de sa tribu d'origine. J'ai eu le courage, ou peut-être la folie, de me joindre à son groupe d'admirateurs. J'ignore toujours ce qui l'a poussée vers moi ; mon assurance, mon physique ou mon titre d'héritier du trône ?… Mais elle a accepté mes avances et est venue vivre chez les Fugitifs.

Polux regarda lentement autour de lui, essayant de se rappeler où il était et ce qui s'était passé, mais il ne distingua que des formes floues. En portant les mains à son visage pour se frotter les yeux, il lui sembla que sa main gauche était bizarre. Elle était engourdie et rigide, ses doigts refusaient de bouger. Le Rôdeur battit des paupières, sa vue brouillée par le sommeil. Même après plusieurs secondes, il ne put voir clairement ce qui entravait ses mouvements. Il crut seulement discerner que quelque chose de brillant recouvrait sa peau, du bout des doigts jusqu'au poignet.

— Nous nous sommes mariés moins d'un an plus tard et peu de temps après est arrivé Castor.

Un poing invisible comprima la poitrine du Rôdeur et tout lui revint en mémoire dans une explosion de douleur. Le château de glace. La pièce interdite. Tara et Anouka, prisonnières. Polux se hissa lentement en prenant appui sur le mur derrière lui et tout ce qui se trouvait dans son champ de vision repartit pour une nouvelle danse. Il retomba sur le sol, le cœur au bord des lèvres. Après avoir inspiré et expiré profondément à plusieurs reprises, son cœur retourna à sa place et ses battements se calmèrent légèrement. Sa vue se précisa et, bien que tout ce qui se trouvait à sa gauche restât étrangement difforme, il put analyser la situation, non sans une certaine panique : quelques mètres plus loin, Tara et Anouka ressemblaient toujours à des statues et la couche de glace qui les recouvrait paraissait s'être épaissie ; un peu plus sur la gauche, Zéphyr regardait en direction du mur Sud — du moins, c'est ce que Polux estima avec son œil défectueux — et tenait une petite masse noire entre ses mains. La gorge du Rôdeur se serra lorsqu'il vit étinceler la main et la partie gauche du crâne du sorcier. La voix de ce dernier résonna de nouveau dans la pièce :

— Rapidement, Halna a contracté une maladie que personne n'a été en mesure d'identifier ou de guérir. Elle est devenue impatiente et colérique et plus le temps passait, plus elle devenait... brutale avec notre fils.

Les yeux de Polux glissèrent de Zéphyr à son sabre, à quelques mètres à peine devant lui. Le sorcier regardait dans une autre direction et en agissant rapidement, il avait peut-être une chance de s'en saisir et de...

— Tu sais, cette petite histoire que je t'ai racontée, hier, reprit Zéphyr en se tournant vers le Rôdeur.

Le garçon ramena son bras vers lui, craignant que le sorcier ait vu son geste. Cela ne sembla pas être le cas, car l'homme poursuivit :

— J'ai inversé les rôles, bien entendu. C'est moi qui ai fréquenté Sidka et non Félix, qui est en réalité mon frère jumeau.

Polux serra les dents en réprimant une grimace de dégoût. Il leva les yeux vers le visage de Zéphyr et, refoulant le sentiment de terreur qui envahissait son corps, il examina les mutilations qu'il avait subies : toute la partie gauche du crâne était recouverte d'une épaisse couche de glace, comme s'il s'agissait d'un masque. Rien n'était visible sous cette surface opaque et le côté droit du visage était recouvert de cicatrices. Mais le plus troublant, c'était cet œil, le seul qui voyait peut-être encore quelque chose : dépourvu de pupille ou même de couleur particulière, ce n'était plus qu'une sphère composée de glace. Et cette sphère, Polux le sentait jusqu'au plus creux de ses os, était rivée sur lui.

— Vous n'êtes pas mon père, siffla le Rôdeur d'une voix plus calme et plus posée qu'il ne s'en serait jamais cru capable.

Zéphyr secoua lentement la tête avant d'expliquer :

— Cela n'aurait pas dû se passer ainsi. Rien n'aurait dû se passer ainsi.

Polux repensa à son sabre. La rage qui l'habitait et qui faisait maintenant trembler tout son corps le poussait à regarder dans cette direction, mais il s'obligeait à garder les yeux sur Zéphyr, ne voulant pas révéler ses intentions au sorcier. C'est pourquoi il laissa l'homme continuer :

— La maladie avait emporté Halna depuis un an lorsque j'ai rencontré Sidka. Elle a été une véritable bénédiction pour ton frère et moi, mais les choses se sont légèrement compliquées à ta naissance.

Il fit une courte pause et le silence était si pesant que Polux fut certain que le sorcier pouvait entendre les battements effrénés de son cœur.

— Les Fugitifs ne voulaient pas d'un chef qui s'unissait à l'ennemi, et surtout pas d'un prince qui en avait l'apparence. Ils ont toutefois accepté ton existence à condition que j'abdique et que ma famille et moi restions tranquilles. J'ai obéi. Nous menions une vie paisible depuis plus de deux ans quand l'homme qui m'avait remplacé en tant que chef a été assassiné. Une rumeur a commencé à circuler comme quoi j'étais coupable. Bientôt, le village entier m'a accusé de haute trahison et on a menacé de faire du mal à ma famille si je n'avouais pas. Je me suis exécuté et j'ai été banni pour un crime que je n'avais pas commis, croyant que cela suffirait à vous mettre en sécurité. J'avais tort.

Il y eut un nouveau moment de silence et Polux dut se faire violence pour rester immobile, gardant les yeux rivés sur Zéphyr alors que son esprit évaluait le temps qu'il mettrait à atteindre son sabre et à se relever pour faire face au sorcier.

— Je suppose que ce sont les sortilèges que je me suis moi-même jetés qui m'ont gardé en vie, même dans la Cité des Morts. C'est pourquoi j'étais toujours là quand, environ un mois plus tard, Sidka est venue me trouver. J'ignore comment elle a su que j'étais vivant, mais elle était décidée à remédier à la situation.

Le sorcier soupira et lorsqu'il reprit la parole, sa voix était devenue si froide que Polux sentit ses cheveux se hérisser sur sa nuque :

— Félix, qui avait veillé sur Castor et toi après mon départ, avait été contraint de se débarrasser de toi. Sidka savait qu'il ne t'avait pas tué comme il le devait, mais elle me tenait pour responsable de ta perte. Je ne m'étais pas assez battu, disait-elle. J'avais tout simplement refusé de te défendre. C'est moi qui méritais de disparaître... Et c'est la seule raison qu'elle a trouvé pour justifier ça!

Zéphyr brandit sa main gauche, recouverte de glace comme l'était son visage. En voyant cela, Polux devint soudain conscient du froid qui lui engourdissait la main. Lentement, le cœur martelant ses côtes, il baissa les yeux vers ses doigts qu'il était toujours incapable de plier. La voix de Zéphyr résonna de nouveau, plus forte, plus haineuse et plus terrifiante que jamais :

— Le sort qu'elle m'a jeté a failli me tuer! À la dernière seconde, j'ai réussi à le retourner contre elle, mais j'ai tout de même échoué : depuis ce jour, mon sang est maudit et la glace s'empare peu à peu de mon corps...

L'air manqua à Polux. *Son sang.* Si Zéphyr était réellement son père, alors le même sang coulait dans leurs veines. Le Rôdeur refusait d'y croire, mais il dut s'y résigner lorsqu'il vit ce qui immobilisait sa main gauche : sa peau était recouverte de givre jusqu'au poignet. Il releva la tête, le souffle court, espérant que si sa vision était toujours mauvaise, c'était à cause de larmes de rage qui trempaient ses cils, alors qu'il savait très bien que ses yeux étaient parfaitement secs. Son regard croisa celui de Zéphyr. Son œil de glace.

— Malgré tout, je lui ai fait une promesse sur son lit de mort…, annonça le sorcier en baissant les yeux vers la boîte noire qu'il tenait toujours dans sa main droite.

Polux sut que c'était le moment. Prenant appui sur le mur derrière lui, il se propulsa le plus loin possible et atterrit tout près de son sabre. Il attrapa le manche et se redressa au moment où Zéphyr tournait la tête vers lui. Il abattit la lame aussi fort qu'il le put. Le premier choc qu'il ressentit fut celui de son arme qui atteignait sa cible, un éclair de douleur lui traversant le bras jusqu'à la base du cou. Le second fut plus violent, plus douloureux et lui écrasa le torse. Polux fut plus ou moins conscient que ses pieds quittaient le sol, qu'il était projeté à travers la pièce et qu'il passait à travers un mur. Il comprit seulement que lorsqu'il atterrit, sa tête heurta quelque chose de dur et il se mordit la langue.

— Puis-je savoir ce que tu avais l'intention de faire? fit la voix rauque de Zéphyr.

Polux se redressa lentement, un éclair de douleur lui transperçant les côtes. Il baissa les yeux et s'aperçut qu'il était tombé sur son sabre, dont la lame lui avait entaillé la peau. Du sang s'échappait de la coupure ainsi que d'une autre plaie à l'arrière de sa tête — il sentait le liquide chaud qui coulait dans son cou. Il serra les dents, la douleur lui faisant monter les larmes aux yeux. En essayant d'inspirer, il fut pris de toussotements et de la salive mélangée à du sang s'écoula d'entre ses lèvres. Il tourna finalement la tête et se retrouva à contempler le sol, plusieurs dizaines de mètres plus bas.

— Oh, merde…, laissa-t-il tomber en prenant conscience qu'il se trouvait sur une large saillie.

Il s'était écrasé à quelques centimètres seulement du bord, évitant de justesse une chute de près de 100 mètres.

— Alors, Polux?

Le Rôdeur tourna la tête vers Zéphyr qui marchait dans sa direction et une vague de satisfaction l'envahit en découvrant le visage ensanglanté du sorcier. Sa lame l'avait atteint au visage et la partie supérieure de son masque de glace s'était arrachée, laissant la peau à vif.

— Essayais-tu de tuer ton propre père?… insista Zéphyr.

Polux l'observa traverser la partie du mur qu'il avait fait exploser en étant propulsé dessus. Il attendit que l'homme ait fait quelques pas vers lui, s'approchant du centre de la saillie.

— Qu'attends-tu pour répondre? demanda encore le sorcier d'une voix étonnamment calme.

Le Rôdeur resta silencieux, le regard rivé à celui de Zéphyr. Après quelques secondes, il prit une profonde inspiration et libéra les mots qui se pressaient contre ses lèvres, transmettant à sa voix toute la haine, la rage et le dégoût dont il était capable :

— Je vous l'ai déjà dit : vous n'êtes pas mon père.

Il empoigna son sabre et le lança. Il y eut un chuintement, puis Zéphyr s'effondra contre le mur, la lame en plein cœur. Polux se releva lentement, les jambes tremblantes, essayant d'oublier qu'il se tenait à quelques centimètres du vide. Il s'approcha du sorcier, qui respirait faiblement, l'air sifflant entre ses lèvres pâles et desséchées.

— Il ne te reste que très peu de temps…, annonça l'homme dans un râle en levant la tête vers lui.

— Peu de temps pour quoi ?

— Le château… Ce sont mes pouvoirs qui l'ont créé… Lorsque mon cœur cessera de battre… il s'effondrera…

— …ben adieu !…

— Attends…

Zéphyr traîna sa main de glace sur le sol, comme pour désigner quelque chose au Rôdeur. Celui-ci jeta un regard en direction de Tara et Anouka, toujours prisonnières de leur enveloppe de glace.

— Ma promesse...

Le sorcier s'éteignit sur ces mots. Polux posa ses yeux sur lui, un étrange sentiment de vide s'emparant de lui. Cette sensation fut cependant vite remplacée par la panique quand la glace se mit à se craqueler sous ses pieds. L'esprit du garçon se vida complètement et tout ce dont il fut conscient à partir de ce moment, c'était que les battements de son cœur résonnaient dans sa tête, marquant le rythme des secondes qui s'écoulaient. Le Rôdeur attrapa son sabre et l'extirpa du corps du sorcier, puis sauta à l'intérieur du château. Dès que ses pieds touchèrent le sol, la saillie derrière lui se détacha de la paroi de glace, emportant dans sa chute l'enveloppe vide qu'était devenu Zéphyr. Polux ne regarda pas derrière lui. Il se précipita vers les statues de glace, au fond de la pièce, en rengainant son sabre. Il s'arrêta cependant brusquement avant d'avoir atteint ses amies. Sur le sol reposait un petit coffre noir, ouvert, un objet étincelant s'en échappant. Polux hésita une seconde, mais lorsqu'un bloc de glace plus gros que sa tête siffla à son oreille et s'écrasa à ses pieds dans une explosion de grêlons, il se décida. Il s'empara du bijou et le fourra dans sa poche, puis courut jusqu'à Tara et Anouka. Quand il approcha ses mains de la Tueuse, il retint son souffle. Ses doigts effleurèrent la surface lisse... qui éclata en morceaux. La jeune fille s'affala, inconsciente, dans les bras du Rôdeur. L'adolescent laissa un soupir glisser entre ses lèvres avant de se tourner vers sa sœur de meute qui, aussi libérée de sa prison de glace, gisait sur le sol. Installant Tara sur son épaule, Polux empoigna Anouka par la peau du cou. Le château s'écroulait, comme l'avait prédit Zéphyr, et des dizaines de fragments du toit s'abattaient autour du Rôdeur, certains le manquant de peu. Le garçon regarda autour de lui, comprenant qu'il n'aurait jamais le temps de s'échapper avant que tout ne se soit écroulé. Son regard balayait la pièce quand ses yeux se posèrent sur la dernière statue de glace. Sidka. Polux se permit une seconde pour l'observer, graver ses traits fins, ses magnifiques yeux carmin dans sa mémoire.

— Adieu, maman.

Il reporta son attention sur le mur devant lui, celui à travers lequel il était passé. Il s'était presque entièrement effondré, maintenant. Le Rôdeur retint son souffle en secouant la tête. « Je suis condamné à la folie… » Il fonça, les yeux rivés devant lui, parcourant les quelques mètres qui le séparaient de la paroi de glace. Et il se jeta dans le vide.

10

LA DÉCISION

À l'horizon, on ne voyait plus les décombres du château de glace. Polux doutait même qu'en retournant sur les lieux, il lui serait possible de situer l'emplacement des tours disparues. « Après tout, c'était peut-être juste un mauvais rêve », songea-t-il en plongeant les mains dans les poches de son pantalon. Ses doigts effleurèrent un objet lisse et oblong. Le Rôdeur s'en empara et, l'extirpant de sa poche, le leva à hauteur d'yeux.

— La promesse de Zéphyr..., soupira-t-il.

Il n'avait pas pris le temps de détailler le bijou lorsqu'il l'avait ramassé sur le sol. À ce moment-là, il était un peu plus préoccupé par la pluie de blocs de glace qui menaçaient de lui tomber dessus et de lui fendre le crâne, par le sauvetage de sa compagne et de sa sœur de meute, et par la façon d'éviter d'être enterré vivant sous les débris d'un château où il n'aurait jamais dû mettre les pieds. Il n'avait pas plus réfléchi au bijou après son saut dans le vide dont ses amies et lui s'étaient miraculeusement tirés — pas si miraculeusement puisqu'il avait aussi survécu à une chute du haut d'un dirigeable en vol. Tout ça devait être lié à cette histoire de malédiction du sang et de glace qui s'emparait du corps... Finalement, après une marche de deux heures à transporter plusieurs dizaines de kilos de Tueuse et de louve évanouies, il était un peu trop exténué pour se demander qu'est-ce que ce pendentif avait de si spécial. Toutefois, maintenant qu'il était en sécurité et suffisamment éloigné des frontières de la Cité des Morts pour ne pas avoir à fournir Tara et Anouka en chaleur corporelle, il avait tout son temps. Il se permit donc un examen complet de cet étrange objet qu'il s'était inconsciemment mis à faire tourner entre ses doigts.

— Qu'est-ce que c'est que ça?… marmonna le Rôdeur.

C'était bel et bien un pendentif, comme il le pensait au départ, mais il était loin d'être banal : sous sa peau, Polux pouvait sentir la chaleur que la pierre noire dégageait et il lui sembla même qu'elle vibrait légèrement. Le garçon frissonna. Il avait l'impression de tenir un cœur minuscule dans sa main. Il chassa cette pensée dégoûtante et reporta son attention sur la chaîne à laquelle était fixée la pierre. En s'apercevant que les mailles étaient formées de glace qui n'était *pas froide*, il eut envie de jeter le bijou le plus loin possible. Cette journée était une des pires de sa vie et il ne souhaitait pas vraiment en garder des souvenirs — sa main et son œil gauche couverts de glace lui étaient amplement suffisants. Il stoppa néanmoins son geste en se rappelant que Sidka avait voulu que Zéphyr lui remette ce pendentif. C'est pourquoi lorsque deux maillons se séparèrent d'eux-mêmes, Polux approcha la chaîne qui s'enroula autour de son cou comme si elle était douée de vie. Quand l'adolescent replongea ses mains dans ses poches, les mailles s'étaient ressoudées sur sa nuque, toujours sans son aide.

— Polux ?...

Le Rôdeur garda les yeux rivés sur l'horizon. Une main se posa sur son bras et avant que Tara n'ait pu lui demander ce qui s'était passé, comment il allait ou n'importe quoi d'autre du genre, il lui dit :

— T'as des trucs à faire, pas vrai ?

Il devait aller droit au but et faire abstraction de son cœur qu'il sentait battre contre ses côtes, sinon il serait incapable d'avancer sans regarder derrière lui. Il devait oublier la peine qui envahissait lentement son être, oublier la douleur que cela provoquait dans sa poitrine, oublier qu'il n'avait nulle envie de tout abandonner. Et oublier qu'il ne serait pas le seul à souffrir.

— ... Oui, répondit finalement Tara après un long moment de silence.

— Prends Anouka avec toi.

Polux crut que la Tueuse allait refuser, mais quand un jappement approuva ses dires, elle ne pouvait plus vraiment le faire. La décision était prise.

— Polux…

— On se retrouvera peut-être un jour au Royaume des Quatre.

Le doux contact disparut de l'épaule du Rôdeur et le garçon essaya de ne pas penser à la sensation de froid que cela laissa sur sa peau. Il allait tourner les talons et s'en aller, croyant que Tara ferait de même, mais une main se referma alors sur son poignet et il fut tiré en arrière. Avant qu'il n'ait pu émettre une quelconque objection, une bouche se plaqua sur la sienne, déversant un flot de délicieuse chaleur jusque dans ses orteils. Polux dut mettre toute sa volonté à garder ses mains dans ses poches pour ne pas attirer Tara encore plus près, s'abandonner à son étreinte et lui rendre son baiser en cent fois plus langoureux et mille fois plus passionné.

— On se retrouvera certainement un jour au Royaume des Quatre, corrigea Tara en séparant ses lèvres de celles du

Rôdeur. Parce que je refuse d'être loin de toi… et parce que je t'aime.

Alors que la Tueuse s'éloignait de quelques pas, Polux se permit un petit sourire. Et lorsqu'elle et Anouka lui tournèrent le dos, il les imita presque sans regret.

— Au fait, lui lança Tara. Où tu vas aller, toi ?

Il s'arrêta et, sans se retourner, annonça :

— Je dois trouver mon frère.

— Et pourquoi ça ?

Des voix résonnèrent dans l'esprit du Rôdeur. Des voix d'enfants qu'il avait cru entendre pour la première fois tout récemment, alors qu'il les connaissait depuis toujours. Les paroles d'un des petits garçons lui revinrent en mémoire, bien qu'aujourd'hui il ait vieilli et soit devenu un homme : « Trouvé, p'tit frère. » Cette fois, le visage de Polux se barra d'un vrai sourire :

— Parce que c'est à moi de chercher.

Il reprit sa route, les rayons du soleil faisant naître une étincelle sur son visage. C'était son œil de glace.

À suivre…

Ne manquez pas
le tome 3

LA PIERRE DES MAGES

De la même série
Tome 1

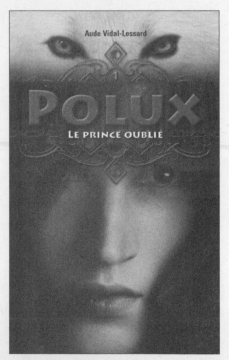